현대 소환술사

THE MODERN SUMMONER

현대 소환술사 8

현윤 퓨전 판타지

초판 1쇄 찍은 날 § 2015년 11월 26일
초판 1쇄 펴낸 날 § 2015년 12월 3일

지은이 § 현윤
펴낸이 § 서경석

편집책임 § 이재림

펴낸곳 § 도서출판 청어람
등록번호 § 제387-1999-000006호
등록일자 § 1999. 5. 31
어람번호 § 제1-2299호

주소 § 경기도 부천시 원미구 부일로 483번길 40 서경B/D 3F (우) 420-822
전화 § 032-656-4452 팩스 § 032-656-4453
http://www.chungeoram.com
E-mail § chungeorambook@daum.net

ISBN 979-11-04-905385-3 04810
ISBN 979-11-04-90241-3 (세트)

현대 소환술사

THE MODERN SUMMONER

FUSION FANTASTIC STORY

현윤 퓨전 판타지 소설

8

도서출판 청어람

CONTENTS

제1장
추악함을 드러내다

이른 아침, 한국 네오스 빌딩으로 강수의 측근들이 차례대로 들어섰다.

명두는 자신이 알아본 대로 강수를 비롯한 측근들에게 현 상황에 대해 설명했다.

"회장님께서 지시하신 대로 이석재 회장을 쫓는 세력들에 대해 알아보았습니다."

"어떤 놈들인가?"

"한국계 기업형 조직 세 곳과 야쿠자 두 곳이었습니다."

"흠, 꽤 많은 소직이 움직이고 있군."

"아무래도 한두 군데에서 추격이 들어온 것이 아닌 모양입니다."

"그렇다면 그를 차지하기 위해 혈안이 된 사람들이 비단 북동그룹뿐만이 아니라는 소리군."

"그렇다고 봐야지요."

"일이 좀 복잡해졌군."

"문제는 그들이 어째서 이석재 회장을 쫓느냐는 겁니다."

렉시는 자신이 생각하는 선에서 지금의 이 상황을 분석했다.

"아마 이해관계가 상당히 많이 얽혀 있겠지요. 생각해 보면 루한스 건설의 인프라 파괴가 어디 한 기업만의 이익이었을까요?"

"그러니까, 이 일로 인해 다른 주머니를 찬 놈들이 모조리 이석재 회장을 노리고 있다는 소리군요."

"그렇지 않다면 일이 이렇게까지 꼬일 리가 없습니다."

"하긴."

강수는 명두에게 기업형 조직들에 대해 물었다.

"그렇다면 지금 이석재를 노리고 있는 기업들에 대해 들어보도록 하지."

"예, 회장님."

그는 프로젝트에 총 네 개 기업에 대한 정보를 띄웠다.

명두는 그중에서도 가장 세력이 크고 강성한 세력에 대해서 먼저 설명을 시작한다.

"보시는 바와 같이 이 네 개의 세력 중에 가장 큰 세력은 바로 명동의 화성그룹입니다."

"화성그룹이라……. 화성그룹이 원래는 건달이 운영하던 회사였던가?"

"아닙니다. 화성그룹은 원해 자동차 수리로 기업을 일군 후 계열사 확장을 잘못해서 회사가 한번 푹 주저앉아 버렸습니다. 그때 생긴 부채가 모두 명동 일성파에게 귀속되어 있었는데, 일성파는 이 부채로 회사를 무상으로 인수했습니다."

"자기들이 돌린 사채로 회사를 거저먹은 것이군."

"그렇다고 볼 수 있습니다. 하지만 일성파가 지금까지 화성그룹에 내어준 돈이 꽤 많습니다. 아마 화성그룹 회장 본인으로선 이 상황이 오히려 더 기쁠 수도 있었겠지요."

"그렇군."

그는 곧이어 두 번째 회사에 대해 설명했다.

"두 번째 회사는 제이프 컴퍼니입니다. 아시다시피 제이프 컴퍼니는 현재 제3금융 시장의 절반가량을 장악하고 있는 회사입니다."

"음, 예상은 하고 있었지만 이들이 정말 건달일 줄은 꿈에도 몰랐군."

"처음부터 얼굴에 건달이라고 광고하는 사람이 어디 있겠습니까? 이들은 채권 추심을 직접 관장해서 돌린 돈은 무조건 회수한다는 주의로 회사를 경영했습니다. 그 결과 손해율이 거의 0%에 가까운 경이로운 기록을 갱신했지요. 그에 반해서 수익률은 최소 30%가 넘었으니 중견 기업까지 올라서는 데 그리 오랜 시간이 걸리지 않은 것으로 분석됩니다."

"한마디로 말하자면 이 중에서 가장 독종이라는 소리군."

"예, 그렇습니다. 제이프 컴퍼니는 원래 북창동 독가스파의 전신입니다. 북창동 독가스파는 조직원들이 워낙 지독하기로 유명합니다. 그래서 어지간하면 독가스파의 구역은 일부러 에둘러 지나가라는 우스갯소리도 있을 정도였지요."

"종과득과 종두득두(種瓜得瓜 種豆得豆)군."

"뭐, 씨가 독가스이니 싹도 독가스일 수밖에요."

독가스파는 한번 들이마시면 치사율 100%라는 의미로 지어진 이름인데, 독가스파는 과연 그 이름값을 하는 조직이었다.

얼마나 사람들이 지독하면 사채로 지금의 기업을 일구었을까?

"지독한 놈들이 걸렸군."

"하지만 회장님께서 가지신 조직에 비하면 그냥 동네 아이들 소꿉장난에 불과하지요."

"그런가?"

다니엘이 강수에게 실소를 흘리며 말했다.

"제가 이런 말씀을 드리긴 뭣합니다만, 돈 받는 것으로 치면 우리 루한스를 따라올 기업은 없을 겁니다. 아시잖습니까?"

"후후, 그렇긴 하지."

명두는 곧바로 다음 두 개의 조직에 대해서도 설명했다.

"그다음으론 부산에서 올라온 줄리안 홀딩스입니다. 줄리안 홀딩스는 부산 날치파의 전신인데, 부산에선 둘째가라면 서러운 조직입니다. 아마 전국구 건달들을 넘어서는 유일한 지역구 건달이라고나 할까요? 아무튼 그 지역에선 가장 이름이 높다는 것만은 확실합니다."

"줄리안 홀딩스……. 지금은 무슨 사업을 펼치고 있지?"

"주로 중소기업 사냥에 주력하고 있습니다. 최근에는 중견 기업을 사냥하기도 한다더군요."

"돈으로 기업을 억누르는 형식인 모양이군."

"그렇다고 보시면 얘기가 쉽겠지요."

이윽고 그는 마지막 야쿠자를 가리키며 말했다.

"끝으로 야쿠자 이레즈 컴퍼니입니다. 이들은 일본에서 한국으로 마약을 들여와 팔고 한국에서 장물을 떼다가 일본에 파는 이중무역을 주로 합니다. 때문에 친한계 조직이라고 알려 있습니다만, 반대로 한국계 건달들과는 경쟁 관계라고 할 수 있습니다."

"그러니까 약이랑 장물 팔아서 회사까지 세운 놈들이라 이

거군."

"지금은 강남에서 본격적으로 장물을 사들이는 회사를 차렸답니다."

"허어! 그게 장사가 되나?"

"아시다시피 한국은 명품의 천국입니다. 어찌나 명품을 밝히면 된장녀에 김치녀라는 신조어가 생길 정도지요. 아마 그들에게 강남은 꿈의 도시였을 겁니다."

"그렇군."

"또한 이들은 이중무역을 주로 하기 때문에 양쪽 정세에도 밝습니다. 아마 그런 성향을 이용하여 어떤 모종의 세력이 이들을 해결사로 고용한 것 같습니다."

"흠."

강수는 이 네 개의 기업을 가만히 바라보더니 이내 결정을 내린다.

"좋아, 한 곳씩 찾아가서 족치는 수밖에 없겠어."

"저들을 일일이 말입니까?"

"그것 말고 또 다른 대안이 있나?"

"그건 그렇습니다만, 아시다시피 이 바닥에서 한번 소문이 나면 꽤 빨리 퍼집니다. 괜찮으시겠습니까?"

강수는 고개를 끄덕였다.

"괜찮아. 어차피 이판사판이다. 이석재가 죽으면 언론사를

인수해도 말짱 도루묵이야. 우리가 저 깡통 같은 한강일보를
인수해서 뭘 어쩌겠어?"

"그건 그렇지요."

"우리는 이놈들을 반드시 잡아서 족친다. 알겠나?"

"예, 회장님!"

이제 다니엘과 그의 부하들이 본격적으로 나설 차례가 왔
다.

* * *

늦은 밤, 다니엘은 휘하의 히트맨들을 데리고 화성그룹 본
사를 찾았다.

화성그룹은 현재 중고차와 대포차를 팔아 고수익을 내고
있었는데, 이것은 원래 화성그룹이 정비공장으로 시작했기에
가능한 일이었다.

그들은 폐차 직전의 차를 모조리 공수하여 그것을 공장에
서 새것처럼 수리해서 상품으로 내놓았다.

그렇게 된다면 최소한 80%의 이윤이 발생하기 때문에 거
의 무에서 유를 창조한다고 할 수 있었다.

아마 화성그룹이 지금까지 성장할 수 있던 가장 큰 힘의 원
천은 바로 이 정비공장이라고 할 수 있을 것이다.

다니엘은 그런 화성그룹의 본사로 찾아와 다짜고짜 최고
책임자를 찾았다.

쾅!

"어이, 이봐! 사장 나오라고 해, 사장!"

"무슨 일이십니까? 일단 저희들에게 말씀해 주신다면 빠른
해결 방안을 찾아보겠습니다."

"해결 방안? 이게 지금 방안이 나올 사안인가!"

"도대체 무슨 일이……."

그는 근처 부품공장에서 공짜로 얻어온 엔진 파편을 들이
대며 말했다.

"엔진에서 갑자기 연기가 나기에 열어 보니 이게 앞으로
툭 튀어나오더군."

"이, 이건……."

"이게 말이 되는 소리야? 멀쩡히 잘 팔아먹은 차가 엔진 결
함이라니! 입이 있으면 말을 좀 해보시지!"

바로 그때, 화성그룹의 이인자인 박성택이 다니엘에게로
다가왔다.

"무슨 일인가?"

"부회장님, 나오셨습니까!"

그는 꾸벅 고개를 숙이는 직원들에게 손 인사를 건네며 고
개를 곧장 올릴 것을 시사했다.

그리곤 바로 다니엘에게 다가가 물었다.

"저… 손님, 무슨 일 때문에 오신 겁니까?"

"뭐요? 당신이 이 회사 책임자야?"

"예, 그렇습니다. 무슨 일이시죠?"

"무슨 일? 이것 좀 봐! 엔진에서 부품이 떨어져 나왔다고! 이게 말이 되는 소리야?"

박성택은 다니엘의 말에 차를 이리저리 살피더니 이내 고개를 갸웃거렸다.

"이상하네. 제가 보기엔 별 결함이 없는 것 같습니다만."

"그럼 뭐야? 내가 지금 거짓말이라도 하고 있다는 거야, 뭐야!"

"꼭 그렇다는 것이 아니라……."

"아니면 뭔데? 뭔데?"

이대로는 도저히 안 되겠다 싶었는지 박성택은 다니엘을 자신의 집무실로 안내했다.

"일단 앉아서 얘기하시지요. 들어가서 차나 한 잔 하면서 말씀하시면 되지 않겠습니까?"

"차는 무슨……."

"가시지요."

그의 강권에 못 이기는 척 터덜터덜 걸어가며 그는 속으로 실소를 흘렸다.

'생각보다 멍청한 녀석이군.'

이제 다니엘에게 절호의 기회가 찾아왔다.

*　　　*　　　*

늦은 밤, 박성택은 도대체 자신이 어디로 끌려가고 있는지도 알지 못한 채 자동차 트렁크에 실려 이동하고 있었다.

부아아아아앙!

사실 자동차를 타고 있다는 것조차 그저 추측일 뿐이고 확인된 바는 아무것도 없었다.

'이 새끼들, 도대체 뭐지?'

대한민국에서 백주에 이렇게 대놓고 사람을 납치해 놓고도 적발되기는커녕 마음대로 한국 영토를 제 집처럼 휘젓고 다닐 수 있는 사람은 그리 많지 않을 것이다.

또한 그 행각이 한두 번 해봐선 아예 불가능할 정도로 철두철미했다.

'도대체 뭐야? 뭐가 어떻게 된 거야, 이거?'

화성그룹 자체가 원래 건달들이 세운 회사이긴 하지만, 그렇다고 요즘 대놓고 불법 행위를 자행한 적은 그리 많지 않았다.

물론 한때는 대포차를 팔아먹고 다시 그 대포차를 빼돌려

새것처럼 팔아먹은 경우가 몇 번 있었다.

하지만 그마저도 요즘은 잘 하지 않았기 때문에 원수를 질 일이 전혀 없다고 볼 수 있었다.

그런데 지금 이 상황은 도대체 무엇인지 이해를 할 수 없는 박성택이다.

잠시 후, 박성택은 자신이 왜 이곳에 끌려왔는지에 대한 의문을 풀게 되었다.

철컹!

"크윽!"

박성택은 차량 트렁크를 열어 손전등으로 자신을 비추는 사내들을 바라보며 인상을 확 찡그렸다.

그러자 사내들이 실소를 흘리며 말했다.

"이 새끼 아직 안 죽었네?"

"큭큭! 벌써 죽으면 사람인가?"

"다, 당신들, 누구야! 누군데 사람을 이렇게 납치해서 감금 까지 하려는 거지?"

"감금? 우리가 언제 너를 감금한대?"

"그, 그럼……."

"유기하기 좋은 곳을 골라서 여행차 왔을 뿐이다. 네놈을 살려둘 생각은 별로 없어."

"뭐, 뭐라? 원하는 것이 있으면 말로 하자! 왜 다짜고짜 사

추악함을 드러내다 19

람을 죽인다는 건가!"

"후후, 원하는 것? 그래, 있지. 하지만 네가 어지간해선 실토할 것 같지가 않아서 말이야."

"정보를 원하는 건가?"

사내들은 그에게 이석재 회장의 얼굴이 담긴 사진을 건네며 물었다.

"이 사람, 너희들이 찾는 이 사람은 지금 어디에 있지? 그리고 이 사람을 찾는 이유가 뭐야?"

"……."

박성택이 지금 이곳까지 잡혀온 것은 아무래도 최근에 조직에서 추격 명령을 내린 이석재 회장 때문인 것으로 보였다.

그는 입술을 짓깨물었다.

"…맨입으로 불 수는 없다. 죽이려면 그냥 죽여라."

"오호, 그래? 꽤나 성질 있는 놈일세."

"내가 이 사람에 대한 정보를 불게 돼도 어차피 죽는다. 그럴 바엔 무엇이라도 받고 죽는 편이 낫지 않겠나? 그래야 살아남을 기회도 노릴 수 있을 것이고 말이야."

"큭큭, 생각보다는 머리를 잘 굴리는 놈이군."

"어떻게 할 텐가? 흥정을 붙여볼 텐가?"

사내들은 연신 실소를 흘리더니 이내 차의 앞쪽에서 뭔가 묵직한 것이 들어 있는 가방을 꺼내왔다.

끼릭, 끼릭.

"하여간 지독한 놈들은 말로 해선 듣지를 않아. 안 그래?"

"그러게 말이야."

그들은 가방을 열어 그 안을 뒤적거리더니 이내 수술용 집기와 권총을 꺼내 들었다.

철컥!

"허, 허억!"

"네놈, 어차피 쉽게 죽을 수 있으리란 생각은 하지 않았겠지?"

"이, 이게 지금 뭐 하는 짓인가!"

"보면 몰라? 손가락을 한 마디씩 날리려는 것이잖아? 그렇지 않다면 무엇 하러 수술용 집기까지 마련했겠어?"

"……."

"자, 단단히 마음을 먹어. 그 편이 오히려 정신 건강에 이로울 테니까."

이윽고 그들은 박성택의 손을 잡더니 이내 신호도 없이 곧장 새끼손가락을 날려버렸다.

타앙!

"끄아아아아악!"

말초신경은 척수로 외부의 자극을 전달하는 역할을 하는데, 그 가장 기본적인 단위이며 민감한 부위가 바로 손가락이다.

그렇기 때문에 손가락이나 발가락을 다치면 다른 부위에 비해 고통이 더 극심하다.

만약 이런 손가락이나 발가락 끝에 총을 맞는다면 과연 어떻게 될까?

그 답은 극악의 고통이라고 표현할 수 있을 것이다.

"흐억, 허억!"

"어때? 조금 짜릿하지?"

"이런 씨발 놈들! 내가 너희들을 가만둘 것 같으냐!"

"큭큭! 가만두지 않으면 뭘 어쩌려고?"

사내들은 이를 바득바득 가는 그의 손가락을 곧바로 불로 지져 지혈하는 동시에 고통을 가중시켰다.

치이이이이익!

"끄아아아아아악!"

"불로 상처를 지지는 일은 가장 위생적이면서도 비상식적인 지혈법이다. 잘 알지? 이대로 손가락을 가만히 두었다간 손을 잘라야 할지도 몰라. 그래서 우리는 너에게 항생제를 투여해 줄 거야."

"허억!"

"물론 네 손가락이 다 없어지면 그럴 필요가 전혀 없겠지만 말이야."

"……."

그제야 박성택은 자신이 이곳에 잡혀온 것이 실컷 고문하기 위함이라는 사실을 깨달았다.

인적이 극히 드문 곳을 찾아 하루 종일 돌아다닌 것, 그리고 아침이 아니라 밤에 이런 짓거리를 하는 것 역시 고문의 현장을 누구에게도 들키지 않기 위함일 것이다.

한마디로 박성택은 처음부터 이렇게 손가락이 날아갈 운명이었다는 소리다.

"제기랄! 너희들은 애초에 나를 병신으로 만들 생각이었던 거군."

"큭큭, 그렇다고 볼 수도 있지. 하지만 네가 하기에 따라 더 이상 다치지 않고 일을 끝낼 수도 있다. 지금은 손가락이 조금 짧아진 정도지만 앞으론 어떻게 될지 아무도 몰라. 평생 불구로 살아가게 해줘?"

"……."

박성택은 이제 더 이상 자신이 도망갈 수 있는 곳은 없다고 생각한다.

"좋다. 너희들이 원하는 정보를 모두 실토하도록 하지."

"큭큭, 진즉 그럴 것이지."

"하지만 나도 조건이 있어. 그래야 앞으로 먹고사는 데 지장이 없을 것 아닌가?"

"흠, 결국 돈을 원하는 것인가?"

"사람이란 무릇 재화에 의해 움직여야 그 뒤가 깔끔한 법이다. 주고받는 게 확실한 거래가 깔끔하지 않겠어?"

"뭐, 그건 그렇지."

박성택은 손가락 두 개를 펼쳤다.

"많은 것은 바라지 않는다. 큰 것으로 두 장 준비한다면 우리의 배후가 누구인지 알려주도록 하지. 그리고 지금까지 우리가 얻어낸 정보도 다 넘기겠다."

"큰 것 두 장이면 이천?"

"…이익은 되어야 먹고사는 데 지장 없지 않겠어?"

사내들은 짐짓 심각한 표정이 되어 그를 바라보았다.

"으음, 좋아. 이익이라면 한번 생각해 볼 가치가 있겠군."

"어서 빨리 생각을 마무리하는 것이 좋아. 이석재는 찾는 사람이 생각보다 많거든."

바로 그때였다.

따르르릉!

"여보세요?"

사내들 중 한 명이 전화를 받았고, 그는 5분 동안 가만히 서서 상대방의 얘기를 듣기만 했다.

그런 후엔 곧바로 권총을 꺼내어 박성택에게 겨누었다.

철컥!

"뭐, 뭐 하는 건가?"

"이 새끼, 감히 우리에게 약을 쳐?"

"야, 약이라니? 그게 무슨 소리인가?"

"어이, 잡아!"

"예!"

사내는 그의 거침없이 박성택의 정강이에 총알을 박아 넣었다.

타앙!

빠각!

"끄아아아아악! 끄아아악!"

끝도 없이 이어지는 그의 처절한 비명. 사내는 이미 반쯤 이성을 잃은 것 같았다.

"이런 개새끼! 여기가 어디라고 약을 팔아? 너희들보다 제이프 컴퍼니가 먼저 움직였다는 정황이 밝혀졌다! 그런데 너희들이 가진 정보를 이억이나 주고 팔려고 해?"

"허억! 자, 잠깐! 내 말을 좀 들어봐! 그건 뭔가 잘못된 것이다! 놈들이 우리보다 앞설 수 있을 리가 없다!"

"그거야 네 생각이고."

그는 다시 정강이를 향해 방아쇠를 당겼다.

타앙!

"끄어어어익!"

"몇 방 더 맞으면 아마 다리를 절단해야 할 것이다. 자, 신

택해라. 지금 당장 불구가 되어 병신처럼 살아가든지, 이제라
도 몸 건강히 신체 보전해서 돌아가든지. 양자택일은 네가 하
는 것이다."

"흐억, 흐억! 좋다, 말하겠다!"

박성택은 그들에게 인터넷을 사용할 수 있도록 부탁했다.

"스마트폰이 있다면 검색할 수 있도록 해다오. 터치는 너
희들이 하는 것으로 하고."

"그야 어렵지 않지."

"인터넷 검색창에 미국 상원의원 루이든 알루이슨이라고
쳐 봐."

순간 사내들의 표정이 딱딱하게 굳었다.

"루이든 알루이슨?"

"알루이슨 상원의원에 대해 잘 아는가?"

"…모르는 사람도 있던가?"

그제야 박성택은 자신을 납치해 온 청년들이 동양인은 아
니라는 것을 눈치챘다.

"아아, 한국에서 굴러먹던 놈들이 아닌 모양이군."

"꼭 그렇지 않더라도 루이든 알루이슨을 모르는 사람은 별
로 없을 것이다. 한국 FTA 협상단장으로 한국에 뻔질나게 드
나들던 그가 아닌가?"

"잘 아는군."

"…이 사실, 정말이냐? 목숨을 걸 수 있어?"

"물론이다. 내 사무실 비밀번호를 알려줄 테니 문을 열고 들어가 금고를 찾아라. 그 비밀금고에 루이든 알루이슨이 우리에게 이석재를 찾아달라는 하청을 내린 문서가 들어 있다. 그에 따른 자금 이동 흔적도 남아 있을 테니 정황을 파악하는 것은 그리 어렵지 않을 테지."

"그래, 알겠다. 일단 사실을 확인한 후 살려주든지 죽이든지 결정하겠다."

"…마음대로 해라."

박성택은 이내 눈을 감으며 말했다.

"그나저나 이 다리 좀 어떻게 해주면 안 되겠나? 통증이 너무 심하군."

"알겠다."

사실을 확인하는 동안에는 그나마 아량이 조금 넓어진 듯 그들은 박성택의 다리에 진통제를 놓아주었다.

푸욱!

"후우, 좀 살 것 같군."

이제 그는 모든 것을 체념했다는 듯 고개를 들어 하늘을 바라보았다.

'제기랄, 앞으로 살아갈 길이 막막하군.'

어쩔 수 없는 선택이었지만 평생 오늘의 선택을 후회하게 될 것이라고 생각하는 박성택이다.

*   *   *

늦은 밤, 박성택의 사무실로 다니엘이 들어가고 있다.

삐비비빅, 띠리릭!

"정확하군."

박성택이 알려준 비밀번호 네 자리를 입력하고 사무실 안으로 들어가자 사면을 가득 채운 책장이 눈에 들어왔다.

그는 정면으로 보이는 책장의 네 번째 줄에 있는 책을 모두 빼내고 그 안에 들어 있는 금고를 찾아냈다.

촤라라락!

"여기 있군."

금고는 박성택의 진짜 생일로 된 비밀번호가 걸려 있었다.

삐비비빅, 띠리릭!

그다지 어렵지 않게 금고를 연 다니엘은 그 안에 들어 있는 서류 뭉치를 꺼내 들었다.

그리곤 그 안의 내용을 빠르게 읽어 내려갔다.

…이석재 회장의 거취를 찾아내면 15억을 지불하겠소. 그리고 일에 들어가기 전 15억은 선수금으로 보내드리는 바이오.

―뉴욕 시티뱅크:계좌이체 내역 ―마이클 타이너슨. 받는 사람:화
성그룹 총무부.

아마도 마이클 타이너슨은 루이든 알루이슨의 차명일 것
이고, 자금이 이동했다는 것은 확실했다. 그렇다면 이제 남은
것은 그를 찾아가 사실을 확인하는 일이다.

다니엘은 쓸쓸한 미소를 지었다.

"다른 사람도 아니고 미국 상원의원이라……. 상대가 조금
버거울 수도 있겠군."

도대체 그가 무슨 이유로 이석재를 찾으려는 것인지는 알
수 없으나 대단히 큰 산에 가로막힌 것만은 틀림없는 사실이
었다.

그는 곧바로 건물을 빠져나와 강수에게 이 사실을 전달했다.

강수는 설마하니 루이든 알루이슨 미국 상원의원이 이 사
건과 관련되어 있을 것이라곤 전혀 상상조차 하지 못했다.

또한 이 일에 상원의원이 관련되었다는 것은 어쩌면 고스트
의 일원이 미국 정계에까지 진출해 있을 수도 있다는 뜻이다.

"일이 조금 심각하게 돌아가는군."

만약 다니엘의 조사가 모두 다 사실이라면 고스트는 상상
보다 더 쓰러뜨리기 힘든 조직일 수도 있었다.

그러나 강수는 아무리 쓰러뜨리기 힘든 조직이라고 해도 여기서 멈출 수 없다고 생각했다.

그는 렉시에게 루이든 알루이슨에 대해 아주 자세히 알아보도록 지시했다.

"아주 조용하고 은밀하게 알아봐 주십시오."

"그와 싸우실 작정입니까?"

렉시의 질문에 강수는 조용히 고개를 끄덕였다.

"물론입니다. 그런 놈은 하루빨리 이 세상에서 수장되는 편이 낫습니다."

"그러다 우리가 다칠 수도 있습니다만……."

"그런 위험 하나 감수하지 못한다면 무슨 일을 할 수 있겠습니까?"

그녀는 오늘도 묵묵히 강수의 지시에 따르기로 했다.

"알겠습니다. 그에 대해 알아본 후 곧장 연락을 드리지요."

"고맙습니다."

"별말씀을요."

이윽고 그녀는 강수의 지시를 따라 미국으로 향했다.

*   *   *

늦은 밤, 윤하가 홀로 술잔을 기울이고 있다.

꿀꺽꿀꺽!

"크흐, 좋다!"

요즘 그녀는 약국 문을 닫고 나면 매일같이 포장마차에 처박혀서 술잔을 기울였다. 그 때문에 피부도 많이 상했고 건강도 꽤 나빠졌지만, 술 없이는 도저히 잠을 잘 수가 없었다.

그녀는 홀로 술잔을 기울이다 문득 자신을 스쳐 간 강수를 생각해 보았다.

"나쁜 놈."

어쩐 일인지 강수가 그녀를 거쳐 가고 난 후엔 좀처럼 연애를 시작할 수가 없었다. 그렇다고 아무 남자나 만나자니 강수보다 더 좋은 남자를 만날 수가 없어 심통이 났다.

그러니 매일 외로워 혼자 술이나 퍼마시고 다닐 수밖에 없는 것이다.

그녀는 이 모든 것이 다 강수의 잘못이라고 생각했다.

"천둥벌거숭이 같은 놈! 어떻게 사람을 이렇게 비참하게 만들 수 있지?"

이러다간 우울증이 찾아와 약을 복용해야 할 수도 있다는 생각이 들지만 이 억울함은 좀처럼 떨쳐낼 수가 없었다.

결국 그녀는 해선 안 될 행동을 하고 말았다.

"못 참겠어!"

윤하는 술김에 전화를 들었다.

뚜우.

강수의 번호로 거침없이 전화를 건 그녀는 결의에 찬 눈으로 수화기에 귀를 가져다 댔다.

하지만 이내 그가 전화를 받았을 때엔 좀처럼 용기가 나지 않았다.

─여보세요?

"여, 여보세요?"

─누구십니까?

"…번호도 지웠어요?"

─윤하 씨?

"너무하는군요. 어떻게 내 번호를 지울 수가 있어요?"

─난 그냥…….

"정말 나쁜 사람이군요."

이윽고 전화를 끊어버린 그녀, 수화기에서 귀를 떼자마자 후회가 밀물처럼 몰려들었다.

'죽어라, 이 멍청아!'

술김에 저지른 일, 그녀는 이 일을 잊으려 또다시 술을 마셨다.

제2장
그림자처럼

이른 아침, 강수는 조금 초췌한 얼굴로 아침 회의에 참석했다.

렉시는 지난 일주일 동안 미국을 돌아다니면서 루이든 알루이슨에 대해 알아보았다. 그리고 그 자료를 바탕으로 가장 신빙성 있는 프로필을 완성하게 되었다.

그녀가 브리핑에 앞서 강수를 바라보며 물었다.

"보스, 어디 아프십니까?"

"…어젯밤 잠을 좀 설쳐서 그렇습니다. 뜬금없이 새벽에 걸려온 전화 때문에……."

"그렇군요."

"아무튼 나는 괜찮습니다. 브리핑을 시작합시다."

"네, 알겠습니다."

렉시는 빔 프로젝트에 루이든 알루이슨에 대한 정보를 띄워놓고 설명을 시작했다.

"루이든 알루이슨, 1961년생, 한국 나이로 치면 만 54세입니다. 특이 사항으론 육군 준장 출신으로 시리아 내전과 걸프전, 이라크전 등에 참전했습니다."

"미국에선 전쟁영웅으로 통하겠군."

"예, 그렇습니다. 참모 출신으로 그 능력을 유감없이 발휘하다가 5년 전 불현듯 정계에 발을 들여놓았지요."

"으음."

"때문에 군벌과의 인맥 관계가 상당히 두터운 편입니다. 물론 정보부와도 밀접한 관계에 있고요."

"생각보다 더 대단한 인물이군요."

"사실 루이든 알루이슨은 그의 군 복무 이력만으로도 이미 거물급이라고 할 수 있습니다. 하지만 거기에 정치력까지 갖추게 되었으니 호랑이에게 날개를 달아준 격이지요."

"일이 좀 복잡하게 되었군요."

그녀는 루이든에 대해 몇 가지 설명을 덧붙였다.

"아무튼 루이든 알루이슨은 사생활이 생각보다 철저한 사람입니다. 지금까지 정계에서 그 흔한 스캔들 한번 터지지 않을 것을 보면 평소 자기관리가 뚜렷한 사람이라는 것을 알 수 있지요."

"거물급 인사의 자기관리라……. 어쩌면 당연한 일이라고 할 수도 있지요."

렉시는 슬그머니 미소를 지었다.

"하지만 언제나 구멍이란 존재하게 마련입니다."

그녀는 최근 한 파파라치에게 찍힌 루이든 알루이슨의 외도 사진을 프로젝트에 올렸다.

"보시는 것은 영국 하원의원 로버트 멕스웰스의 부인과 루이든 알루이슨이 함께 러브호텔에 들어가는 장면을 담은 사진입니다. 이 사진은 미국 텍사스의 한 허름한 호텔에서 찍힌 것인데, 이 사진을 찍은 파파리치는 한화로 10억 원이라는 돈을 받고 잠적했습니다."

"루이든 알루이슨이 손을 쓴 모양이군요."

"아마도 그럴 겁니다. 하지만 얼마 후에 이 파파라치는 변사체로 발견됩니다. 그 이후엔 이 사진을 찾아볼 수가 없게 되었지요."

"그런데 렉시는 이 사진을 어떻게 찾아낸 겁니까?"

그녀는 강수에게 사무엘 해커슨에 대한 얘기를 꺼냈다.

"혹시 사무엘을 잊은 것은 아니시겠죠?"

"사무엘! 그녀가 이 사진을 찾아낸 겁니까?"

"네, 그렇습니다. 그녀는 루이든 알루이슨의 개인 PC를 해킹해서 그 안에 들어 있는 정보를 죄다 빼냈습니다. 그중에 이 사진이 우연히 들어 있었던 것이죠."

"그런 일이……."

"아무튼 그 개인 PC에서는 그가 꽤나 문란한 생활을 즐긴다는 것을 암시하는 자료들이 대거 발견되었습니다. 이 사진도 그중에 한 장이지요."

"다른 자료들은 없습니까?"

그녀는 루이든 알루이슨의 인터넷 사용 기록에 대해 설명했다.

"최근 루이든 알루이슨은 하루 일과를 마치는 것과 동시에 두 개의 사이트에 주기적으로 접속했습니다. 하나는 미국 최대의 스와핑 사이트인 러비드 닷컴, 그리고 또 하나는 현대판 노예를 사고파는 슬레이븐이었습니다."

"스와핑과 노예?"

"한마디로 그는 여성 편력이 심하고 변태적인 성향의 사람인 겁니다."

"…찝찝한 놈이군."

"그런 찝찝한 놈일수록 켕기는 구석은 더 많은 법입니다. 한번 뒤를 제대로 캐보는 것이 좋을 것 같습니다."

"좋습니다. 이 자료를 토대로 놈의 뒤를 제대로 캐보도록 하지요."

강수는 자리에서 일어나 영국으로 향했다.

＊　　　＊　　　＊

영국 크로이던에 위치한 사무엘의 비밀 주택.

강수는 이곳에서 루이든 알루이슨에 대해 조금 더 많은 자료를 탐독하고 있었다.

그는 루이슨 알루이슨이 세계 최고의 스와핑 사이트 러비드 닷컴의 VVIP회원이며, 연간 유료 과금이 가장 많다는 사실을 알 수 있었다.

러비드 닷컴은 부부가 스와핑을 할 수 있도록 중계해 주는 사이트인데, 이 사이트에선 꼭 부부가 아니더라도 스와핑이 가능했다.

하지만 러비드 닷컴에서 진짜 스와핑을 경험하려면 사이트에서 운영하는 사이버은행에서 전자화폐를 구매하여 주기적으로 소모해 줘야 했다. 그래야 꽤 높은 퀄리티의 부부들과 함께 파트너를 바꿔가며 안전하게 성관계를 즐길 수 있기 때문이다.

또한 이 러비드 닷컴엔 한 가지 철칙이 있었다.

그것은 바로 상대방이 그 어떤 누구든 긴에 비밀을 철통같이 지켜줘야 한다는 것이다.

만약 인터넷 게시판에 누군가 정보를 팔아먹었다는 소문이 돌면 해당 유저는 영원히 러비드 닷컴에서 활동할 수 없게 되었다.

한마디로 그는 더 이상 문란한 사생활을 즐길 수 없다는 뜻이기도 했다.

그러니 한번 스와핑에 맛 들린 사람은 나이와 국적, 인종을 불문하고 즐길 수 있는 이 사이트를 또 다른 세계로 인식했다.

루이슨 알루이슨 역시 이 사이트에 매일같이 자신의 프로필을 업데이트하고 끊임없이 스와핑 파트너를 찾아다니고 있었다.

사무엘은 그런 그에 대해서 한마디로 정의했다.

"발정난 개새끼. 아무리 개라도 저렇게 마구잡이로 스와핑을 하지는 않을 거예요."

"그래요. 개새끼 맞는군요."

강수는 이렇게 문란한 사람이 있다는 소리는 아예 들어본 적도 없고 그것을 공유하는 사이트가 존재한다는 것은 더욱더 금시초문이었다.

그는 이 세상이 알면 알수록 깨끗하지 못하다는 생각이 들었다.

"…아무리 세상이 더럽다 해도 이건 너무하군요."

"뭐, 사람의 취향이라는 것은 엄연히 존재하니까요."

강수는 그가 최근에 어떤 상대와 성관계를 나누었는지 확인해 보았다.

딸깍.

그녀의 마우스 클릭 한 번에 루이슨의 개인 정보가 깔끔하게 털려 강수의 수중에 떨어졌다. 그러니 이제 그의 사생활을 캐내는 것은 누워서 떡 먹는 것보다 쉬운 일이 되었다.

"보자. 이번 상대는 미국의 유명 탤런트 마이클 스미스 부부였군요."

"마, 마이클 스미스?"

"소문이 사실이었네요. 마이클 스미스 부부는 남녀 편력이 심해서 결혼 20년 동안 자녀가 없었다죠. 그런데 지금까지 결혼생활을 유지할 수 있었던 것은 두 사람이 함께 외도를 공유했기 때문이라고 하더군요."

"그러니까… 스와핑 경력이 20년이나 되는 셈이군요."

"그렇죠."

강수는 고개를 가로저었다.

"별 미친놈들이 다 있군요."

"세상은 요지경이에요."

이윽고 그녀는 강수에게 또 다른 인터넷 사이트를 보여주었다.

"뭐, 저놈의 스와핑 생활은 이쯤에서 마무리하고 더 충격적인 것에 대하여 접근해 보도록 하죠."

"노예… 말입니까?"

"현대판 노예, 그러니까 마조히스트들을 모아놓은 사이트라고 할 수 있어요. 이곳에선 여성이나 남성의 외모나 신체 조건은 중요하지 않아요. 그저 누군가에게 속박되어 노예처럼 살아가는 것을 즐기는 것이죠."

"세상에……."

"인터넷에선 이들을 말 그대로 슬레이브라고 불러요. 노예인 셈이죠."

강수는 그녀의 설명에 인상을 찌푸린다.

"…보지 않는 것도 하나의 방법이겠군요."

"하지만 이것을 보지 않고선 그가 어떤 생활을 하는지 알 수가 없을 텐데요?"

"……."

그는 어쩔 수 없이 마우스를 움직여 루이든의 아이디로 로그인하여 노예사이트에 접속했다.

그러자 노예 경매에 대한 낙찰 내역이 줄줄이 날아들었다.

아이디 엘로사님, 2561번 경매에 낙찰되셨습니다.

아이디 엘로사님, 4651번 경매에 낙찰되셨습니다.

강수는 무려 20건도 넘는 노예 구매 내역을 바라보며 아연 실색했다.

"이, 이게 다 뭡니까?"

"노예를 구매했군요. 아마도 일반인들이 만들어놓은 노예를 돈을 주고 산 모양입니다. 그 가격이 최소 1만 달러군요."

"…돈이 이마빡에 튀어 붙는 놈이군요."

"뭐, 자아실현 같은 것 아닐까요?"

"미친놈도 아주 상 미친놈이군."

이윽고 강수는 그가 어떤 방법으로 노예를 수령하고 만나는지 알아보기로 했다.

노예를 경매하고 난 후 그것을 아이템처럼 만들어 지니고 있는 보관함으로 이동한 강수는 그 안에서 무려 50명이 넘는 노예의 프로필과 마주했다.

그녀들은 대부분 엄청난 미녀이거나 몸매가 상당히 훌륭한 여자들이었는데, 지금도 지속적인 성관계를 맺고 있다는 증거로 '진행'이라는 마크가 달려 있다.

그런데 놀랍게도 이 안에는 현직 아나운서인 여성과 기상청 캐스터도 끼어 있었다.

"아, 아나운서?"

"이, 이런 미친!"

도대체 저 여자들이 뭐가 아쉬워 돈 1만 달러에 자신을 노예로 팔아먹는단 말인가?

강수는 이 사실을 도무지 이해할 수가 없었다.

"뭐지? 도대체 뭐 때문에……."

그녀는 더 이상 머리를 굴려도 이해할 수 없다는 강수에게 자세하게 설명해 주었다.

"이 여자들은 자의에 의해 노예가 된 거예요. 그 대상이 누구인지는 중요하지 않아요. 그저 자신을 속박하고 소유해 줄 수 있는 사람이면 되는 것이죠. 그러니 그 주인이 자신을 팔아먹어도 별수 없어요. 다만 그 관계가 지속되는 것은 노예의 자유의사이니 완벽히 정형화된 소유권 주장은 아니지요."

"……."

"아마 저 사람이 50명이나 되는 노예를 소유한 것도 그와 같은 이유가 아닐까요?"

"이유가 어찌 되었건 눈도 마주치기 싫은 놈임은 틀림없군요."

강수는 이제 그가 성생활을 즐기는 현장을 목격하기 위해 노예 접선 장소와 스와핑 장소를 메모했다.

슥슥슥.

그런데 메모를 완성한 강수는 놀라움을 금치 못했다.

"어, 어라?"

"왜 그러세요?"

"스와핑을 하기로 한 장소와 노예 접견 장소가 일치하는군요."

"그렇다는 것은……."

"아마도 엄청난 난교 파티가 벌어지겠는데요."

그는 이젠 실소를 흘렸다.

"훗! 미쳐도 단단히 미쳤군!"

"뭐, 사람의 취향은 가지각색이니까요."

강수는 은근히 그에게 관심을 갖는 그녀에게 물었다.

"궁금하면 같이 갈까요?"

"그, 그래도 되나요?"

"안 될 것 뭐 있습니까? 멀리서 지켜보는 것뿐인데 혼자 가나 둘이 가나 무슨 차이가 있겠습니까?"

"그럼 고맙죠."

"짐 싸십시오. 당장 출발합시다. 시간이 별로 없어요."

"알겠어요."

오랜만에 눈동자가 초롱초롱해진 그녀가 대충 짐을 챙겨 들고 강수를 따랐다.

*　　　*　　　*

미국 텍사스에 위치한 작은 호텔.

끼익, 끼익.

이곳은 간판이 허름한 나머지 그 흔적을 찾아보기도 힘들었으며, 주변에는 민가도 보이지 않았다.

강수는 그런 호텔이 잘 보이는 언덕에 차를 대놓고 망원경으로 사람이 들어가기를 기다리고 있었다.

그는 아마도 이곳이 루이든의 성생활을 위한 비밀기지가 아닐까 생각했다.

"저곳에서 매일 난교가 벌어지는 모양입니다. 그러니 사진까지 찍혔지요."

"으음, 그럴까요?"

"아무 곳에서나 난교를 벌이기엔 그의 정치적 역량이 너무 큽니다. 그러니 이렇게 한적한 시골에 폐가까지 구했겠지요."

"그렇군요."

이곳에서 무려 열 시간 동안 잠복해 있던 강수는 그제야 저 멀리서 석 대의 차량이 다가오는 것을 볼 수 있었다.

부아아아앙!

흙먼지를 일으키며 다가오는 차량들에 망원경을 들이민 강수는 흠칫 놀랐다.

"버, 버스?"

"24인승 미니버스예요! 이, 이럴 수가!'

아무래도 그는 작정하고 대인원을 동원하여 성관계를 맺으려는 것 같았다.

만약 강수가 이 사진을 찍기라도 하는 날엔 이곳에 모인 사람들 신원이 통째로 노출되는 참사가 벌어지게 될 것이다.

강수는 절로 눈살이 찌푸려지지만 한편으론 속이 다 시원해지는 것을 느꼈다.

"후후, 잘 걸렸다. 이 정도 떡밥이라면 정보가 아니라 전재산을 다 내놓으라고 해도 내놓겠습니다."

"그래요. 아주 대어를 낚으셨네요. 축하해요."

빙그레 미소를 짓는 강수, 그런 강수와는 다른 의미로 미소를 짓는 사무엘이다.

강수는 그제야 사무엘의 성적 취향이 루이든과 조금은 비슷하다는 사실을 깨달았다.

"혹시……."

"아, 아니에요! 난교를 좋아하는 것은 아니고 그냥 포르노를 라이브로 즐길 수 있다는 생각에 흥분한 것뿐이에요."

"그, 그렇군요."

인간이란 무릇 자신이 경험하지 못한 사실에 대한 환상을 품고 있게 마련이다.

더군다나 그것이 난교와 같이 상당히 자극적이라면 말할

필요도 없을 것이다.

"아무튼 갑시다. 저들이 어떻게 단체 짝짓기를 하는지 알아보자고요."

"그래요."

그녀는 망원렌즈가 달린 비디오카메라와 음향 장비까지 동원해 강수를 뒤따랐다.

잠시 후, 강수는 호텔 내부로 돌입했다.

저벅저벅.

상당히 허름해 보이는 이 호텔의 내부는 언제 지어졌는지 알 수 없을 정도로 나무가 낡아 있었다.

하지만 청소 상태와 위생 상태는 그 어떤 특급 호텔과 비교해도 손색이 없을 정도로 깔끔해 보였다.

아마도 그는 최대한 곰삭은 분위기를 연출하여 노예들과의 난교를 더 실감나게 즐기고 있는 것으로 보였다.

강수는 그것을 일일이 사진으로 기록하며 천천히 호텔 내부로 들어가기 시작한다.

찰칵찰칵!

이번에 사용된 카메라는 불빛이 없어도 촬영이 가능한 적외선 투시 모드가 내장되어 있기 때문에 다소 어두운 실내에서도 자유자재로 촬영할 수 있었다.

덕분에 강수는 이 엽기적인 장면을 하나도 빠짐없이 담아 둘 수 있었다. 호텔은 총 6층으로 이뤄져 있었는데, 객실의 숫자는 대략 80개가량 되는 것 같았다.

그러니 만약 그들의 뒤를 밟다가 놓친다면 난교의 장소를 찾는 데 꽤나 오랜 시간이 소비될 수도 있었다. 하나 이 많은 인원을 뒤따라가는데 뒤처진다는 것은 말도 안 되는 일이었다.

강수는 그들의 뒤를 따르면서 계속 사진을 찍고 있었는데 그 광경이 아주 가관이었다.

찰싹!

"으윽!"

"노예는 네 발로 기는 거다. 바닥을 길 때마다 코로 소리를 내!"

"킁킁."

바깥에서 이들을 뒤쫓을 때만 해도 생각보다는 정상적인 사람들이라고 생각하던 강수는 객실이 점점 가까워지자 서서히 본색을 드러내는 그녀들을 볼 수 있었다.

그녀들은 누가 시킨 것도 아닌데 주종관계에 돌입하여 기꺼이 채찍을 맞고 최대한 불쌍한 표정을 짓기도 했다.

과연 이것이 그녀들에게 어떤 의미가 있는지는 알 수 없었지만 전혀 강압적인 분위기는 아니었다.

그러니까 그녀들은 스스로 기꺼이 노예가 된 것이다.

'거참, 취향 한번 독특하군.'

강수는 계속해서 그녀들과 루이든 일행을 촬영했다.

*　　　*　　　*

텍사스 비밀 호텔 내부 6층 스위트룸.

쿵쾅쿵쾅!

이곳에선 빠른 비트의 음악 소리와 함께 요란한 사이키조명이 돌아가는 클럽 분위기가 연출되고 있었다.

루이든 일행은 남자 다섯과 여자 다섯, 그리고 자칭 노예 스물네 명이었다. 이들은 클럽에 들어서자마자 미친 듯이 술을 퍼마시고 춤을 추었는데, 전부 하나같이 아슬아슬해 보이는 실오라기를 걸치고 있었다.

강수는 이 엄청난 광경이 마치 축제라고 되는 양 즐기는 그들을 계속해서 촬영했다.

찰칵찰칵!

아마 일반인이었다면 이쯤에서 촬영을 접고 돌아갔을 수도 있겠으나, 그는 아주 결정적인 장면을 담기 위해 남아 있었다. 루이든이 노예들과 성관계를 맺는 순간을 포착하여 결정적인 협박 증거로 남기려는 것이다.

"으음, 으음."

"주인님, 주인님!"

클럽에서의 난교 파티에 뭔가 수순이 있을 것이라 생각한 강수는 예상보다 일찍 본론으로 들어가는 일행을 바라보며 한 번 더 놀랐다.

'벌써 본 게임(?)에 들어가는 건가? 체력이 대단하다고 해야 할지……'

강수는 유사 성행위에 이어 본격적인 성행위에 들어간 그를 정확하게 촬영한 후에도 몇 번이나 더 촬영했다.

찰칵, 찰칵, 찰칵!

그런 그의 곁에 선 사무엘은 희열에 가득 찬 표정으로 난교의 현장을 바라보고 있었다.

"흐흐, 완전 수지맞았구나."

"……"

"고마워요. 이런 기회를 나에게 주어서."

"별말씀을……"

강수와 함께 의도치 않은 광경에 기뻐하던 그녀, 그런 그녀가 화들짝 놀랄 만한 일이 벌어졌다.

끼이이이이익!

"주인님, 여기……"

"허, 허억!"

몰래 촬영하던 두 사람에게 미국 유명 아나운서 줄리아니존스가 다가와 이상 행위를 시작한 것이다.

화들짝 놀란 그녀가 헛바람을 집어삼키자 난교를 즐기던 루이든의 시선이 두 사람에게 향했다.

"뭐, 뭐야?"

"카, 카메라?"

"이런 젠장! 잡아요! 저놈들을 잡아야 합니다!"

"이런 개자식들!"

"빌어먹을!"

그들은 즉시 강수를 향해 달려들었고, 그는 실오라기 하나 걸치지 않은 남녀를 향해 어쩔 수 없이 수를 쓰기로 했다.

"별수 없군."

슈가가가가각!

그의 손에서 한 차례 빛이 번쩍이는 것 같더니 이내 빛의 기본 정령인 위스프가 소환되었다.

'소환!'

끼이이이이잉, 팟!

노란빛을 띤 위스프는 강수의 명령에 따라 응축된 빛의 에너지를 폭발시켰다.

'잠시 눈을 멀게 하라!'

우우우웅, 콰앙!

그러자 강수의 마나를 갉아먹은 위스프가 빛의 폭발을 시전했다.

강수가 사무엘의 눈을 가리며 외쳤다.

"눈을 감아요! 어서!"

"윽!"

파바바밧!

위스프의 밝은 빛에 눈이 노출되면 대략 20분간 앞을 볼 수 없는 상태가 된다.

때문에 섬광탄을 맞은 것보다 훨씬 더 큰 타격을 입어 두 사람이 마음껏 도망칠 수 있는 기회가 생긴다는 소리다.

"크어어억!"

"아, 앞이……!"

"돼, 됐다! 어서 갑시다!"

"뭐, 뭘 어떻게 한 거예요?"

"설명할 시간이 없습니다! 아마 지금쯤이면 사설경호원들이 몰려오고 있을 겁니다! 어서 가야 해요!"

그녀는 급박한 순간임에도 불구하고 강수의 사진기에 손을 올리며 말했다.

"잠깐, 한 컷만 더 찍고요."

찰칵!

사무엘은 단체로 뒤엉켜 눈을 비비고 있는 그들을 고스란히 사진기에 담고 아주 만족스러운 표정을 지었다.

"큭큭, 오늘을 평생 잊을 수 없을 것 같군요."

"…이하 동문입니다."

이내 두 사람은 비밀 호텔을 나와 인근 도시로 향했다.

＊　　　＊　　　＊

난장판이 되어버린 호텔의 스위트룸.

파티를 주최한 루이든은 짐짓 심각한 표정으로 일관하고 있었다.

"제기랄, 도대체 어떤 놈들이 내 뒤를 밟은 거지?"

"…조심 좀 하라고 말씀드리지 않았습니까?"

루이든은 자신의 초대를 받고 온 국방성 차관 비서실장 레이나를 바라보며 말했다.

"혹시 당신 뒤를 따라온 것 아니야?"

"그럴 리가 있나요. 나는 그냥 노예로서 문자만 받았을 뿐이고, 버스를 태운 사람은 당신인걸요."

"그럼 도대체 뭐야?"

사생활을 마치 목숨처럼 지켜오던 그에게 이런 구멍은 도저히 용납할 수 없는 일이었다.

이번 난교 파티에 참석한 사람은 대부분 사회 저명인사이거나 연예인들이다.

한마디로 이 세상에 이름만 대면 다 알 만한 사람들만 모인 자리였다는 뜻이다.

"큰일이군. 아까 보니 음향 장비와 카메라까지 있던데."

"이제 어쩌죠? 여차하면 여기서 평생 파티나 하면서 처박혀 살아야 할 판이에요."

"…조금만 기다려 봐요. 내가 알아서 수습할 테니."

루이든은 이 파티가 어그러진 것이 자신의 탓이라 생각하고 그 책임을 지겠다는 태도를 보였다.

하지만 과연 이 파티에 대한 책임을 어떻게 질 수 있을지는 의문이었다.

그러나 언제나 그랬듯 파티에 참석한 사람들은 무조건 루이든을 믿을 수밖에 없었다.

그는 일단 난교 파티를 파하고 모두 자택으로 돌아가 원래의 생활로 복귀할 것을 권고했다.

"파티는 이쯤에서 마무리합시다. 노예들도 이제는 집으로 돌아가 일상생활을 하세요."

"…알겠습니다."

상당히 아쉬워하는 일원들, 그들은 또 언제 이런 파티가 열리게 될지 고대했다.

"다음 파티는 언제쯤……."

"일이 마무리되는 대로 다시 호텔을 오픈하겠습니다. 그때는 조금 더 화끈한 판을 짜놓도록 하지요."

"…기대하겠습니다!'

노예가 될 사람들이나 노예를 부릴 사람들이나 이 파티가 흥미롭고 즐거운 것은 사실인 모양이다.

그들은 추후에 다시 벌어질 파티를 고대하며 발길을 돌렸다. 아마 이들에게 사생활 침해는 앞길을 막아설 가치조차 없는 일인 모양이다.

어쩌면 자신의 침입으로 인해 정신을 차린 사람들이 있을 것이라 기대한 강수의 생각은 이미 철저히 짓밟힌 상태였다.

* * *

늦은 밤, 영국 안전가옥으로 돌아온 강수와 사무엘은 자신들이 찍은 영상과 사진을 편집하며 경악을 금치 못했다.

"세상에, 돈을 받고 하라 해도 이런 미친 짓거리는 도저히 못하겠건만……."

"아마 포르노 감독이 이 영상을 본다면 엄지를 척 들어 올리겠군요."

지금 강수가 입수한 영상과 사진들만 세상에 풀어놓아도 이들은 매장당하게 될 것이다.

하지만 강수는 그에게 알아내야 할 사실이 너무나도 많았다.

"편집된 영상 말고 무편집 영상을 나에게 넘겨줄 수 있겠습니까?"

"왜요? 이것으로 뭘 어떻게 하려고요?"

"놈들에게 뜯어낼 것이 좀 있습니다. 물론 돈은 달라는 대로 드리겠습니다."

그녀는 고개를 가로저었다.

"에이, 섭섭하게 왜 이래요? 난 이제 우리가 어느 정도 전우애가 싹튼 사이라고 생각하는데."

"이, 일이 어떻게 그렇게 됩니까?"

"맞잖아요? 전우. 우리는 그 전쟁터에서 각자 좋은 추억을 만들어낸 셈이에요."

"…그렇군요."

"아무튼 이 영상은 당신이 가져요. 카피를 한 다음에 드릴게요. 그리고 이 영상은 아무에게도 유포시키지 않을게요."

"고맙습니다. 이 은혜는 잊지 않겠습니다."

이윽고 USB를 받으려던 강수는 잠시 멈칫거렸다.

"아니, 잠깐만요."

"왜요?"

"유포시켜 줘요."

"네? 그럼 도대체 뭘 어떻게 협박해서 원하는 것을 뜯어내겠다는 건가요?"

"대신 얼굴과 목소리 등을 블록으로 하는 겁니다. 그럼 인터넷에 영상이 돌아다녀도 별문제가 없을 것 아닙니까?"

"아하! 그런 방법이……."

"후후, 이런 변태 새끼들! 조만간 아주 똥줄이 바짝바짝 타겠군요."

"큭큭! 좋아요! 난 이런 일이 너무 좋더라!"

"이 영상을 배포하고 잡히지 않을 자신은 있죠?"

"절 도대체 뭐로 보는 건가요?"

"하긴, 물어볼 것을 물어봐야지."

천하의 고스트도 그녀를 잡지 못해 매번 당하는데 이들이라고 별반 다를 것 없을 터였다.

때문에 강수는 그녀가 영상을 뿌리는 것에 오히려 대찬성이었다.

얼굴을 가린 상태라고 해도 당사자들은 영상 속 사람이 자신임을 잘 알고 있을 테니 똥줄이 타도 보통 타들어가는 게 아닐 것이다.

강수는 영상의 무 편집 영상이 들어가 있는 USB를 들고 미국으로 향했다.

제3장
난리법석

2000년대에 들어서면서 가장 이슈가 된 것은 바로 제3의 물결, 바로 정보화산업이다.

세기가 한 번 바뀌는 동안 인간은 애초에 자신들이 상상하지 못한 경지에 이르게 되었다.

그것은 바로 인터넷이라는 무한한 정보의 바다를 창조해 낸 것이다.

인터넷은 디지털화된 정보를 마치 거미줄 같은 통신망으로 엮어낸 무한의 공간이다.

이 공간에는 정보의 인프라를 시작으로 취미, 여가, 건강,

재화의 유동까지 없는 것이 없었다.

때문에 혹자는 인터넷을 지배하는 자가 세상을 지배할 것이라고 했다.

초기의 인터넷은 전화선을 이용한 모뎀으로 다소 국한된 정보를 주고받았지만, 이제는 무선 랜이나 광 랜으로 더욱 폭넓은 정보를 공유하게 되었다.

그로 인하여 인터넷은 또 다른 하나의 세상이 되었고, 그 세상은 현실 세계와의 경계를 허물어 버릴 정도이다.

그 대표적인 예가 바로 SNS다.

SNS(소셜네트워크)는 사람과 사람을 잇는 정보망으로서 아는 사람과 아는 사람을 이어주는 수단이라고 할 수 있다.

하지만 SNS는 비단 아는 사람과 아는 사람이 정보를 공유하는 것에 국한된 제한적인 네트워크가 아니다.

이 세상은 한 다리 걸쳐 모르는 사람이 없다고 할 정도로 인간과 인간의 관계가 첨예하게 얽혀 있다.

그러니까 한 사람이 동영상 하나를 공유하게 되면 전 세계 수십억 인구가 그 동영상을 볼 수도 있다는 소리다.

만약 그 동영상의 유포자가 공인이나 인터넷 저명 스타라면 상황은 어떻게 될까?

그 답은 바로 '이슈화'로 도출된다.

이슈화는 SNS를 통하여 사람들에게 영향력을 행사하는,

이른 바 '파워 블로거'나 스타 등에 의해 급작스럽게 관심을 받게 됨을 시사한다.

또한 이 SNS는 이제 뉴스와도 상당히 밀접한 관계를 맺고 있기 때문에 신문 1면에 나야 할 문제가 단 10초 만에 전 세계 사람 모두에게 송출될 수도 있다.

그러니까 정보화의 물결은 세상에 폭넓은 지식과 무한한 정보의 바다를 제공하면서도 전 세계 곳곳을 잇는 게이트웨이 역할을 하게 된 것이다.

강수는 이러한 인터넷을 통하여 전 세계 곳곳으로 동영상을 송출시킬 수 있도록 했다.

사무엘은 강수의 사주를 받아 집단 난교가 벌어진 영상을 얼굴만 따로 모자이크 처리하여 인터넷 P2P 사이트에 공유시켰다.

서로의 정보들을 조각 모음하여 공유하는 인터넷 P2P는 그 확산 속도가 가히 치명적일 정도이다.

특히나 전 세계 남자치고 포르노 한번 보지 않는 사람이 없다는 것을 감안한다면 적어도 한두 시간 후엔 지구 반대편에 있는 사람도 이 동영상을 시청하게 될 것이라는 소리다.

사무엘은 자신이 따로 편집한 영상을 P2P에 업로드 시킨 후 그것을 SNS에 다시 유포시켰다.

그리고 이 모든 것을 다시 좀비PC를 이용하여 무한으로 다운로드해 포르노를 싫어하는 사람들도 억지로 영상을 시청하도록 만들었다.

그녀가 이렇게 손을 쓰자 영상은 단 한 시간 만에 전 세계 1억 명이 다운로드하여 소장하게 되는 기염을 토해냈다.

인터넷 포털사이트는 이 영상들을 앞 다투어 입수한 후 그것을 기사화시켜 인터넷 신문에 게재시켰다.

무려 서른 명이 넘는 사람이 모여 나누는 난교의 현장, 그 파급효과는 상상을 초월했다.

─아아, 아아……!

차마 눈 뜨고 보기 낯 뜨거운 장면들이 연출되는 동영상을 시청하는 사람들은 다름 아닌 신문사 기자들이었다.

기자들은 손으로 입을 가리거나 머리를 연신 쥐어뜯는 등 생 포르노의 짜릿함을 온몸으로 느끼고 있었다.

뉴욕타이머즈 편집장 제레미아 파블로스는 영상에 대한 평가를 물었다.

"어때? 이 정도 규모의 난교를 벌일 만한 사람들이 누가 있겠어?"

"글쎄요. 요즘 난교쯤은 그렇게 큰일이 아니라서 딱히 누가 했다고 단정 지을 수는 없을 것 같군요."

"하지만 성노예 서른 명이야. 그것도 단체로 그녀들을 농간하고 심지어는 여자들까지 그녀들을 수탈했단 말이지. 이런 광경이 어디 흔하겠어?"

"흠……."

"권력, 혹은 돈이 아니라면 도대체 이런 미친 짓거리를 왜 하겠어?"

"그건 그렇지요."

기자 중 한 명이 손을 번쩍 들었다.

"아닙니다. 그건 SM에 대해서 잘 모르기 때문에 하시는 말입니다."

"SM?"

"예, SM이요. 사디스트와 마조히스트의 이니셜을 따서 만든 용어지요. 그야말로 맞고 때리는 이상성애자들을 지칭하는 말로 쓰입니다. 헌데 요즘은 이 SM이 생각보다 더 많이 보편화되어서 인터넷 커뮤니티 사이트까지 가지고 있을 정도입니다."

"허, 허어……."

"인터넷에서 노예를 사고팔고, 심지어 그들을 모아놓은 장소를 던전이라고 부른다니… 이제는 보편화를 뛰어넘어 진보화에 접어들었다고 볼 수 있습니다."

"그렇군."

"만약 누군가 노력해서 저들을 끌어 모았다면 못할 것도 없습니다. 그리고 성노예라고 꼭 타인의 의지로만 되는 것은 아닙니다. 요즘과 같은 세상에 누가 성노예로 살아가려 하겠습니까?"

"하긴 그건 그렇군."

"제가 볼 때 저들은 난교와 성노예 모임을 정기적으로 갖는 동호회가 분명합니다."

제레미아는 흥미롭다는 표정으로 그를 바라보며 말했다.

"자네, SM에 대해서 어떻게 그렇게 잘 알지?"

"…한때 저도 SM에 입문한 적이 있거든요. 물론 들어가자마자 나와서 정상적인 성생활을 영위하고 있지만요."

"오호, 자네가 사디스트였다고?"

"부끄럽지만 그렇습니다. 하지만 단언컨대 지금은 그 집단에서 나와 정상적으로 살고 있어요. 정말입니다."

그는 고개를 가로저었다.

"아니, 그렇게 기겁할 필요 없어. 사디스트 성향을 가진 것이 죄는 아니잖아? 나는 자네가 사디스트라고 해서 좌천을 시키거나 해고시킬 생각 같은 건 전혀 없어. 아니, 오히려 이번에 우리가 이 영상으로 한번 제대로 할 수 있는 기회가 생긴 것 같아서 기분이 좋군그래."

"저, 정말입니까?"

"물론이지. 내가 미쳤다고 지금 이 진지한 분위기에서 헛소리를 지껄이겠나?"

그는 휘하의 기자들에게 SM에 대한 정보를 모아올 것을 지시했다.

"요즘 정기적으로 SM 모임이 이뤄지는 곳을 찾아보게. 물론 성노예들을 이용한 난교가 벌어지는 곳이면 더 좋고."

"헌데 이들이 누구인지는 조사하지 않습니까?"

제레미아가 열의가 불타오르는 눈빛으로 답했다.

"내가 간다. 이 사건은 내가 맡도록 하지."

"저, 정말이십니까? 시간도 별로 없으실 텐데……."

"어차피 업무는 부편집장들이 하는 것이지 내가 하는 것이 아니다. 잘 알잖나?"

"그건 그렇지요."

"그러니 자네들은 이번 주말까지 나와 함께 낼 공동 기사 집필할 준비나 서두르게. 알겠나? 이번 기획은 특별기획으로 회사의 로고를 내걸고 공동으로 간다."

"예, 알겠습니다."

편집장이 직접 나서서 기자들을 총동원하여 특집 기사를 싣는다는 것, 그만큼 이번 사건이 제레미아에겐 상당한 자극으로 다가왔다는 소리다.

그는 이내 자리에서 일어나 뉴욕의 뒷골목으로 향했다.

*   *   *

뉴욕 브룩클린의 작은 선술집.

제레미아는 자신이 아는 게이 전용 술집 사장 아이반과 함께 이야기를 나누고 있었다.

그는 브룩클린에서 가장 큰 게이 바를 운영하고 있는데, 최근에는 캘리포니아 인근에 열 개의 트랜스젠더 바를 열기도 했다.

한마디로 그는 조금 특별한 성적 취향을 가진 사람들을 위한 술집을 문어발식으로 확장시키고 있는 사람이었다.

제레미아는 아이반이라면 충분히 SM에 대한 지식과 그 유명 인사들에 대해 알아낼 수 있을 것이라고 생각했다.

그리고 그의 생각은 아주 정확하게 들어맞았다.

아이반은 제레미아가 불과 한 시간 전에 입수한 영상을 바라보며 알듯 모를 듯한 표정을 지었다.

"흠, 이런 사람들이 모인 장소가 한두 군데는 아니지만 이렇게 질퍽한 관계를 맺는 곳은 그리 많지가 않아."

"어째서 그렇지?"

"생각을 좀 해봐. 어디서 자발적 노예를 이렇게 많이 끌어들일 수 있겠어?"

"자발적 노예?"

"그래, 자발적 노예. 자신이 좋아서 노예가 된 사람들 말이야. 그들은 누군가에게 속박 받지 않으면 정상적인 성관계를 맺을 수가 없어. 흔히 M, 마조히스트들이 그러한 성향을 가지고 있지."

"…특이하군."

"맞아, 상당히 특이하지. 마조히스트 중에서도 골수라고 할 수 있어. 이런 사람들을 구하는 일이 그리 쉽지는 않아. 때문에 서른 명이 넘는 자발적 노예를 구했다는 것은 극히 드물다고 할 수 있지."

"그렇군."

"아마도 저 사람은 대략 50~60명쯤 되는 자발적 노예를 인터넷에서 돈을 주고 샀겠지. 아무리 잠자리에 국한된 것이라곤 해도 그들도 이중생활을 하기 때문에 평소엔 누가 누군지 잘 몰라. 그것을 발굴하고 찾아낸 사람이 소유권을 갖게 되는 셈이라고나 할까? 그래서 돈을 받고 파는 것이지."

"…흥미로운 놈들이군."

"후후, 그렇지? 나도 처음엔 이런 놈들이 다 있나 싶었지만, 그 역시 취향이고 취미생활이야. 자기들이 좋아서 하는데 뭐라고 하는 사람이 더 이상한 거지."

지금 제레미아가 이 사건을 굳이 크게 들쑤시려고 하는 것은 이들의 난교를 지탄하려는 것이 아니다.

그저 흥미, 이 영상을 누가 찍었던 간에 흥미를 이끌어내기 위해서 이 취재를 시작한 것이다.

아무리 난교 파티가 인간적인 정서에 맞지 않다고 하더라도 자신들이 좋아서 하는 일이라면 굳이 싸잡아 욕할 필요는 없다는 것이 그의 생각이었다.

아이반은 제레미아에게 자신이 몇 번인가 참가한 난교 파티에 대해 설명했다.

"지금은 크루가 바뀌어서 운영되지 않지만, 내가 참가한 난교 파티가 있었어."

"당신이 난교 파티를?"

상당히 의외라는 듯이 고개를 갸웃거리는 제레미아에게 아이반이 말했다.

"내가 게이 바를 운영한다고 해서 게이라고 생각하나?"

"아아, 하긴 그렇군. 트랜스젠더 바를 운영한다고 해서 그 사장이 꼭 트랜스젠더라는 법은 없으니까."

"그것도 다 편견이야. 나는 그들에게 장소를 제공하고 있을 뿐, 내가 그 세계에 빠져 사는 것은 아니라고."

"후후, 그래, 알겠다."

아이반은 자신의 앞에 놓여 있는 맥주를 한 모금 머금은 후 말을 이었다.

"아무튼 내가 참가한 난교 파티에는 사회 지도층 인사도 꽤 많았어."

"흠, 그들도 성적 취향이 참으로 독특했던 모양이군."

"아마도 내 생각엔 가진 것이 많을수록 성적으로 뭔가를 더 많이 갈구하는 것이 아닌가 싶어. 그러니 난교 파티에 그렇게 많은 저명인사들이 참가했겠지."

"그래, 그것도 신빙성이 있군."

"사람이 살아가는 데 필요한 것이 꼭 물질적인 것만은 아니니까. 그렇지?"

"맞아. 당신의 말이 맞군."

그는 자신이 알고 지내던 난교 파티의 파티장을 소개시켜 주기로 했다.

"지금은 그와 연락이 닿지 않고 있지만, 언제든지 생각 있으면 연락을 달라고 했어. 그러니 한 번쯤 연락을 해두는 것도 좋다고 생각해."

"고맙군."

"후후, 별말씀을."

이윽고 자리에서 일어나 술집을 나서려던 아이반이 제레미아에게 물었다.

"아참, 그리고 말이야, 이 기사를 실을 때는 조금 조심하는 편이 좋아."

"어째서 그렇지?"

"아무리 난교가 자신의 취향이라고 해도 사람들은 저명인

사들이 그런 행위를 하는 것에 대해 상당히 좋지 않게 생각해. 그러니 잘못했다간 한 사람이 묻히는 동시에 당신도 매장당하고 말 거야."

그는 알겠다며 고개를 끄덕인다.

"알아. 그러니 너무 나대지는 않을 거야. 걱정하지 마."

"그럼 다행이고."

아마도 아이반은 그가 투철한 기자정신을 발휘하여 괜히 쓸데없는 벌집을 건드릴까 봐 걱정되는 모양이다.

하지만 이젠 아이반도 지천명의 나이이니 적당히 자신의 페이스에 맞춰 취재의 수위를 조절하게 될 정도가 되었다.

쓸데없이 여럿 다치는 무식한 형식의 기사는 다루지 않는다는 소리다.

그러나 한번 발동이 걸려 버린 그의 기자정신은 아마 좀처럼 식지 않을 터였다.

"좋아, 난교 파티장을 한번 가보자고."

제레미아는 아이반에게 받은 명함을 가지고 누군가에게 전화를 걸었다.

*   *   *

영상이 유포되고 난 지 세 시간 후, 루이든은 SNS를 통해 자신의 난교 영상을 직접 확인하게 되었다.

물론 지금은 얼굴과 성기가 모두 모자이크 처리가 되어 있지만 그는 자신 스스로의 모습에 대해 너무나도 잘 알고 있었다.

그는 영상에서 풍겨 나오는 느낌만으로도 이 촬영 장소가 자신이 만든 비밀 호텔이라는 것을 알아차릴 수 있었다.

그는 분노를 감추지 못했다.

쾅!

"이런 개새끼! 나와 한번 해보자는 거야, 뭐야?"

"어떻게 할까요? 잡아볼까요?"

루이든의 수족이자 해결사인 마르카 텔루이스는 영상을 뚫어지게 쳐다보며 진지하게 물었다.

하지만 그는 이내 고개를 가로저었다.

"아니, 아니다. 괜히 나섰다가 일이 크게 번지기라도 하면 어쩌려고? 그냥 자중하고 있자고."

"그러나 지금은 사태를 그냥 수수방관할 때가 아니라고 생각합니다. 관련자들을 잡아 족치시죠."

"흠."

루이든은 가뜩이나 자신을 괴롭히는 일들이 많다고 생각하던 차에 이런 일이 터져 머리가 깨질 듯이 아파왔다.

그가 마르카에게 물었다.

"…좋아, 그럼 조용히 한번 뒤를 캐봐. 뭔가가 나오면 즉시 보고하도록 하고."

"예, 보스. 최선을 다하겠습니다."

마르카가 방을 나간 후, 기다렸다는 듯이 여기저기에서 전화가 걸려왔다.

따르르르릉!

[국방성 차관 비서실장]

루이든은 자신의 나체가 고스란히 드러나게 된 레이나의 전화를 받을까 말까 고민에 빠졌다.

"으음, 어떻게 해야……."

하지만 그는 그 고민을 할 필요가 없어졌다.

쾅!

"루이든!"

"레이나? 여긴 어떻게……?"

"내 전화를 왜 안 받는 거죠? 내가 연락을 해올 것이라는 사실을 이미 알고 있었잖아요?"

"내가 요즘 공무가 좀 바빠서……."

그녀는 루이든에게 바짝 다가서더니 이내 그를 거칠게 책상 위에 눕혔다.

촤라락, 쨍그랑!

"이, 이게 뭐 하는 짓이야!"

"가만히 있어요. 오늘 나는 폭발하기 일보 직전이니까."

레이나는 테이블 위에 눕혀놓은 그의 하체를 마음껏 희롱하며 자신의 욕구를 충족시켜 나갔다.

"으, 으음!"

"어때요? 죽을 것 같죠?"

"그, 그렇군."

그러다 그녀는 루이든의 소중한 막대기를 손으로 확 움켜쥐며 물었다.

꽈득!

"으, 으윽!"

"자꾸 이런 식으로 나올 거예요? 아무리 내가 잠자리 노예라지만 현실에서도 그렇게 만만한 여자였던가요?"

"그, 그건 아니지."

"잘 생각해요. 내가 한번 공멸하고자 마음먹는다면 당신도 무사하지 못할 것이라는 사실을요."

"너, 너무 잘 알고 있지."

"그럼 행동으로 보여줘요. 나를 비롯한 모든 사람이 불안해하고 있으니까요."

루이든은 그녀의 머리채를 확 끌어당겨 속박시키며 말했다.

휘릭!

"윽!"

"알아. 알고 있다고. 그러니 너무 걱정하지 말라고."

이윽고 두 사람은 한 차례 욕정을 나누었다.

*   *   *

사무엘이 영상을 게재한 지 이틀 후, 강수는 인터넷 공유 사이트마다 퍼져 있는 동영상을 확인할 수 있었다.

그 동영상은 심지어 사이버수사대의 수사망에도 잘 걸리지지 않는 P2P 프로그램 등에도 퍼져 더 이상 손을 쓸 수 없는 상황이었다.

심지어 이 동영상은 세간의 화제를 모아 공중파 저녁 뉴스에까지 그 이름이 거론되었다.

사람들은 이 동영상을 '단체노예영상'이라고 부르며 입방아를 찧어댔다.

이제 강수는 자신의 정체를 조금 드러낼 필요가 있다고 생각했다.

이른 아침, 강수는 자신의 집무실로 렉시와 다니엘을 불러들였다.

두 사람은 강수가 건넨 동영상을 바라보며 꽤나 태연한 표정으로 일관했다.

하지만 분명 렉시의 눈썹은 살며시 꿈틀거리고 있었으며, 다니엘의 다리는 조금씩 자극을 받고 있었다.

강수는 그런 두 사람에게 물었다.

"어때? 원본을 보니까 더 실감이 나는 것 같지 않아?"

"예, 보스."

"설마하니 이것을 회장님께서 직접 찍으신 겁니까?"

"물론이죠."

렉시는 강수의 대범함에 그만 실소를 흘렸다.

"후후, 역시 회장님은 물건 중의 물건이십니다. 어떻게 이런 생각을……."

"여성 편력이 심하고 노예까지 사들일 정도라면 보통이 아니라고 생각했죠. 그래서 카메라를 좀 들이대 봤습니다."

다니엘은 이 영상을 가지고 어떤 방식으로 협박을 가할 것인지가 상당히 궁금한 모양이다.

"놈들에게 뭘 요구하실 겁니까?"

"당연히 이석재 회장을 찾으려는 목적과 지금까지 알아낸 그의 행방 등을 내놓으라고 요구해야지."

"그 이후엔 어쩌실 겁니까?"

"후후, 그 이후에도 생각이 있어. 놈들이 꼼짝하지 못하도록 할 또 다른 비장의 무기가 있으니 너무 걱정하지 말라고."

"으음."

"아무튼 놈들과 접선할 방법에 대해선 강구해 보았나?"

강수의 질문에 다니엘이 사진을 몇 장 건넸다.

"이건 보건소 차량입니다. 미국에서는 윤락녀를 위한 보건 차량을 운영하고 있습니다. 이것을 이용하여 그와 접선하면 어떨까 합니다. 남들의 시선도 피할 수 있고요."

"오히려 자극이 되지 않겠어? 윤락여성들을 치료하는 차인데."

"뭐, 미국에선 윤락이라는 것이 그리 나쁘게만 받아들여지지 않습니다. 법적으로도 큰 문제가 없고요."

"흠……."

"아무튼 가장 보편적인 방법이면서도 사람들이 알아서 시선을 돌리기엔 이 방법이 딱입니다."

"그래, 그럼 그렇게 하자고."

강수는 이내 다니엘과 함께 미국 텍사스 주로 향했다.

*　　　*　　　*

미국 텍사스 주에 위치한 텔레그래프.

이곳은 황량한 사막 한가운데 위치해 있다.

휘이이잉!

1차선 도로로 이뤄진 이곳은 살리나 강을 시작으로 리틀

페인트 강, 그리고 페인트 강으로 이어져 꽤나 긴 줄기의 유역을 갖고 있다.

그 길을 따라서 오프로드가 펼쳐져 있으며, 서쪽과 남쪽으론 인가가 상당히 드물었다.

끼릭, 끼릭.

이런 사막의 한가운데 다 쓰러져 가는 버스 한 대가 텍사스 주의 보건당국 마크를 달고 들어왔다.

운전석에 앉은 사람은 다니엘이고, 그 곁에 마스크를 쓰고 앉은 사람은 강수였다.

"후욱, 후욱!"

강수가 굳이 이렇게 얼굴을 가리고 접선에 응하는 것은 아직까지 그에게서 얻어낼 수 있는 것이 마땅한지 알 수가 없기 때문이다.

만약 그가 이번 사건에 크게 연루된 것이 아니라면 굳이 얼굴을 밝힐 필요가 없었다.

그렇기에 강수는 이 땡볕에 마스크를 착용하고 이곳을 찾은 것이다.

그는 턱을 타고 주르륵 흘러내리는 땀을 연신 닦아내며 접선 장소를 확인했다.

"도대체 접선 장소로 잘 들어선 것 맞아? 아무래도 놈들이 보이지 않는데?"

"…이상합니다. 저는 분명 GPS 좌표로 이곳의 위치를 알려주었습니다. 바보가 아닌 이상에야 누구라도 찾아낼 수 있을 정도란 말입니다."

"그럼 놈이 바보인 모양이지."

그때 아까부터 계속해서 투덜거리고 있는 강수에게로 한 대의 고급 차량이 다가섰다.

부아아아앙!

그제야 두 사람은 루이든이 약속 장소에 조금 늦게 나왔다는 것을 깨달았다.

"빌어먹을 새끼, 칼자루는 우리가 쥐고 있다는 것을 모르는 모양이군."

"아주 물고를 내버리고 싶은 자식이군요."

하필이면 에어컨이 고장 난 버스를 대절하는 바람에 고생이란 고생은 다 하고 있던 다니엘과 강수는 곧바로 차에서 내렸다.

그러자 뜨거운 햇살이 그들의 머리 위로 쏟아져 내리기 시작했다.

"끝까지 말썽인 동네군."

"원래 이쪽이 좀 그렇습니다. 참으시죠."

"…그래야지."

강수는 루이든이 타고 있을 것으로 추정되는 자동차로 다가가 유리창을 두드렸다.

그러자 차창이 살며시 열리며 그 안에 타고 있던 한 사내가 입을 열었다.

"상당히 더워 보이는데 타지?"

"…시끄럽다. 일단 거래 조건부터 들어보도록 하지."

강수의 질문에 그는 차창 밖으로 수표 한 장을 내밀었다.

일금 10,000,000달러

천만 달러, 한국 돈으로 백억에 달하는 엄청난 돈이다.

하지만 강수는 실소를 흘렸다.

"이 아저씨가 더위를 잡수셨나? 이깟 푼돈으로 동영상을 사시겠다고?"

"…꽤 많이 생각해 주었다고 보는데 아닌 모양이군."

강수는 그에게 복사된 원본 파일이 담긴 스마트폰을 건넸다.

"감상해 봐. 원본은 더 화끈하니까."

이윽고 스마트폰 안에 들어 있는 내용을 확인한 루이든이 직접 차에서 내렸다.

철컥!

"…도대체 나에게 원하는 것이 뭔가? 돈이 부족한가?"

강수는 고개를 가로저었다.

"정보, 나는 정보를 원한다."

"정보라?"

"네놈이 한강일보그룹 이석재 회장을 쫓아다니고 있다는 사실을 알고 있다."

"…뭐라?"

"이석재 회장 말이다. 이미 화성그룹에서 알아보고 오는 길이다. 그러니 행여나 시치미를 뗄 생각일랑 아예 하지도 말아라."

그제야 루이든은 강수가 왜 이런 짓을 벌였는지 알았다는 눈치다.

"후후, 네놈도 이석재가 필요한 모양이군. 그러니 이렇게 말도 안 되는 짓을 벌였지."

"말이 되는지 안 되는지는 좀 더 두고 봐야 알 일이고."

루이든은 가만히 강수를 바라보더니 이내 손짓했다.

"일단 타지. 네 명이 구겨 타기엔 조금 좁아도 바깥에 서 있는 것보다는 훨씬 나을 테니."

"뭐, 그러자고."

강수와 다니엘은 그가 타고 온 승용차에 몸을 구겨 넣고 인근 마을로 향했다.

*　　　*　　　*

텔레그래프에 위치한 작은 주점에 들어선 세 사람은 스카치위스키를 나누어 마시며 얘기에 들어갔다.

강수는 이젠 마스크를 쓸 필요가 없다고 판단하여 맨얼굴로 그와 마주했다.

루이든은 그에게 이석재 회장에 대한 얘기를 시작했다.

"이석재라……. 나에겐 아주 눈엣가시 같던 놈이지."

"그놈과 네가 엮인 이유가 뭐지?"

"한 15년쯤 되었나? 걸프전이 끝나고 내가 레바논에서 복무하고 있을 때일 거다. 그 당시 나는 국방성 차관에게 줄 비자금을 조성하기 위해 유전개발에 대한 지분을 팔아먹고 다녔다. 그때 나에게 지분을 매입한 사람이 바로 이석재였다. 이석재는 그 지분을 다시 미국계 마피아에게 팔아먹었고 말이야. 그놈은 무려 커미션이 두 배나 되는 장사를 하면서도 나에겐 부담이 되는 짓거리를 자행하고 다녔다."

"언론사 사장이라는 것을 이용해서 네 위치를 위협했겠군."

"그래, 정확하다. 놈은 욕심이 많은 사람이었다. 그래서 자신의 위치에 만족하지 못하고 나에게 끝도 없이 돈을 요구했지. 아마 루한스 그룹에서 한강일보를 인수한다고 계약서를 작성한 것도 아마 사기였을 거다."

"사기?"

"그러니까 놈은 지금 대대적인 사기극을 벌이기 위해 일부러 잠수를 타고 있다는 소리다. 아마 너는 놈을 잡고 싶어도 평생 죽을 때까지 잡을 수 없을 것이다. 그놈은 이미 루한스 그룹에서 돈을 받을 만큼 받았을 것이고, 유전은 깨졌으니 더 이상 미련이 남아 있을 리가 없겠지. 그리고 나 역시 이제는 더 이상 돈을 뜯어낼 수 없다고 판단했을 테니까."

"…빌어먹을 자식이군."

루이든이 강수의 잔을 채워주며 물었다.

"그나저나 너는 어째서 이석재와 같은 쓰레기를 찾아다니는 것이지?"

"…개인적인 사정이다."

"흠, 하지만 그렇다고 하기엔 네가 벌인 일들이 너무나 엄청나다. 얼마나 담이 크면 현직 미국 상원의원의 뒤를 캘 생각을 다 할까? 안 그런가?"

"뭐, 좋을 대로 생각하라고."

루이든은 더 이상 강수에게 개인적인 일에 대해선 묻고 싶지 않은 모양이다.

"아무튼 이번 일이 끝나면 몸조심하는 것이 좋을 것이다. 네가 퍼뜨린 그 영상, 생각보다 더 위험한 물건이야."

"후후, 괜찮아. 나를 건드리게 되면 지금보다 훨씬 더 엄청난 물건을 투하할 생각이거든."

"엄청난 물건이라?"

"너야말로 조심하는 것이 신상에 이롭다. 내가 투하할 물건에는 네 정치적 생명력을 아예 송두리째 흔들어 버릴 정보가 즐비하거든."

"……."

강수는 이내 자리에서 일어서며 말했다.

"우리가 지금은 이렇게 술잔을 나누고 있지만 절대로 가까워질 수 없는 사이라는 것은 잊지 말았으면 좋겠다. 왜냐하면 나는 너와 같은 취향을 가진 사람과는 별로 가까워지고 싶지 않거든."

"……."

"아무튼 네가 준 자료는 잘 사용하겠다. 과연 놈이 어디에 짱박혔는지 아직은 알 수 없지만, 만약 잡는다면 너를 대신하여 아주 입에서 게거품이 나도록 짓밟아주마. 뭐, 이 정도면 꽤 괜찮은 거래 아닌가?"

"…고마워서 눈물이 다 나려고 하는군."

"그럼 나는 이만……."

이윽고 강수는 다니엘과 함께 술집을 나와 버스 정류장으로 향했다.

*   *   *

텔레그래프에서 댈라스 포트워스 국제공항까지 가는 버스에 오르기 위해 대기 중이던 다니엘이 강수에게 물었다.

"그나저나 보스, 저놈을 이렇게 마구잡이로 도발해도 괜찮은 겁니까?"

"글쎄다. 나야 모르지."

"……."

"하지만 한 가지 확실한 것은 놈이 나에게 반격을 해온다면 가만있지 않을 것이라는 사실이다."

"우리에게도 그런 비장의 무기가 있습니까?"

"당연히 있고말고."

"흠."

강수는 걱정이 태산인 그를 바라보며 실소를 흘렸다.

"훗, 왜? 우리가 몰살이라도 당할 것 같아서 겁나나?"

"그런 것은 아닙니다만, 워낙 상대가 거물이라서 말입니다."

"걱정할 필요 없다. 놈이 나를 건드리면 정말 상상치도 못한 끔찍한 대재앙이 벌어질 것이다. 내가 장담하지."

"그렇다면야 걱정할 필요 없지만……."

이윽고 두 사람이 기다리던 포트워스 국제공항행 버스가 도착했다.

끼이익!

거친 인상에 짙은 선글라스를 쓴 버스기사가 강수와 다니엘에게 물었다.

"이보쇼, 지금 탈 거요?"

"그렇습니다만?"

"그럼 식사라도 좀 하고 오시오. 내 차가 고물이라 지금 수리에 들어가야 하거든. 대략 30분쯤이면 수리가 끝날 것 같으니 식사하고 오면 딱 맞을 거요."

"알겠습니다. 그렇게 하죠."

강수와 다니엘은 하는 수 없이 다시 인근 식당으로 발걸음을 옮겼다.

"치킨 윙에 맥주라도 한잔할까?"

"좋지요."

다니엘과 강수는 막간을 이용하여 맥주라도 한잔할 생각에 조금 들떴는데, 이 후덥지근한 지방에 아무것도 없이 가만히 서 있다 보면 그 누구라도 맥주 한잔이 간절해질 것이다.

강수는 식당에 들어서자마자 치킨 윙을 주문했다.

"여기 치킨 윙 열 조각과 맥주 두 잔 주십시오."

"네, 잠시만 기다리세요!"

한껏 기대감에 부푼 두 사람, 바로 그때였다.

삐용, 삐용!

텍사스 주 보안관 두 명이 문을 열고 들어와 강수와 다니엘에게 다가왔다.

"거기 두 사람, 손을 머리 위로 올리고 무릎을 꿇으십시오."

"…왜 이러십니까?"

"사기 및 공갈 협박으로 지명수배가 내려졌습니다. 지금 당장 서로 함께 가주셔야겠습니다."

"……."

순간 다니엘이 불안한 기색으로 강수를 바라보았다.

"…괜찮겠습니까?"

"이 자식이 미쳤군. 내가 그렇게 경고했건만……."

이제 강수는 이판사판이라는 생각이 들었다.

'그래, 다 죽자. 어디 한 번 피눈물 한 바가지 흘려봐.'

강수는 다니엘과 함께 순순히 경찰서로 향했다.

제4장
죄와 벌

텔레그래프에서 보안관 사무실로 이동하는 길.

강수는 수갑을 찬 손으로 뭔가를 꼼지락거리며 만지고 있다.

그런 그를 바라보며 보안관이 인상을 확 찌푸리며 말했다.

"이봐요, 뭐 하는 겁니까? 그러다 무력으로 진압하는 수가 있습니다."

"미안합니다. 제가 손목이 좀 좋지 않아서 말입니다. 움직이지 않겠습니다."

"쯧, 진즉 그래야지."

혐의가 없다면 몰라도 지명수배가 붙은 이상 미국 경찰은 인권이고 뭐고 절대로 봐주는 법이 없다.

범죄를 저질렀다는 것 자체가 이미 인권은 한 수 접고 들어가기 때문이다.

강수는 아까부터 보안관의 심기를 건드릴 정도로 손을 움직이고 있었는데, 그는 지금 마법으로 아르테미스에게 전언을 보내고 있었다.

그는 아르테미스에게 전언을 보내 렉시가 움직일 수 있도록 조치를 취하고 있었던 것이다.

불과 5분 남짓한 시간이지만 강수는 벌써 자신이 어떻게 행동할지에 대한 청사진을 다 짜두었다.

그는 슬며시 다니엘의 귓가에 대고 말했다.

"…일단 경찰서로 넘어갈 때가지 가만히 기다려 봐. 만약 그때까지 일이 해결되지 않는다면 내가 직접 나서겠다."

"어떻게 하실 생각이십니까?"

"뭘 어떻게 해? 내가 가장 잘하는 방법으로 이 난관을 극복해야지."

"그다지 난관은 아닌 것 같습니다만……."

"아무튼 그렇게 할 생각이니 너무 걱정할 필요는 없어."

"예, 알겠습니다."

여차하면 보안관을 때려눕힌 후 기억을 지워 버리는 방법도 있으니 일단 느긋하게 기다려 보기로 한 강수다.

같은 시각, 아르테미스는 크룩에게 이 사실을 전달했고, 크룩은 다시 제이크에게 강수의 전언을 전달했다.

강수에게 지명수배가 내려진 지 정확히 10분 후, 제이크는 사무엘에게 연락을 취해 러비드 닷컴의 운영진 아이디를 해킹하도록 부탁했다.

사무엘은 이미 준비하고 있던 해킹툴 프로그램을 작동시켜 러비드 닷컴을 완벽하게 장악하고 그 사이트가 자신에게 온전히 넘어오도록 공격을 시도했다.

그러자 러비드 닷컴에선 난리가 났다.

러비드 닷컴이 위치한 뉴욕 본사, 이곳에선 지금 경찰에 전화를 거는 동시에 FBI에 수사를 의뢰했다.

하지만 워낙 신묘한 손재주를 가진 사무엘을 찾아낼 수는 없을 터였다.

"홍콩, 홍콩에서 해킹했답니다!"

"호, 홍콩?"

"아무래도 삼합회에서 뭔가 일을 벌인 것 같은데요?"

"이런 미친……! 삼합회에서 왜 우리를 건드리나!"

"우리 회원은 비단 미국에만 국한된 것이 아니지 않습니까? 아마 삼합회 보스급 인사가 우리 사이트로 인해 피헤를 입은 모양이지요."

"제기랄!"

러비드 닷컴의 특성상 이곳에 가입한 사람들은 결코 정상적인 방법으로 사랑을 나누지 않았다.

사이트의 목적 자체가 유부남과 유부녀들을 이어주는 외도 중개였기 때문에 누가 앙심을 품어도 이상할 것이 없었다.

만약 이런 러비드 닷컴의 데이터베이스가 유출될 경우엔 이 외도의 목록이 낱낱이 파헤쳐지는 것이니 전 세계 2,500만 개의 가정이 파국을 맞이하게 될 터였다.

"미치겠군!"

러비드 닷컴의 대표이사 제프 페롤슨은 망연자실한 표정을 지었다.

"어, 어떻게 하면 좋나, 어떻게 하면……."

"일단 데이터베이스를 모두 지우고 서버를 날려 버리는 수밖에 없지요."

"그렇게 되면 우리는 처음부터 모든 것을 다시 시작해야 한다."

"그래도 감옥에 들어가는 것보다는 낫지 않겠습니까?"

"…별수 없군."

제프 페롤슨은 서버를 폐쇄하겠다는 결단을 내리기에 이르렀다.

＊　　　＊　　　＊

러비드 닷컴의 데이터베이스가 공격당했다는 소식은 삽시간에 인터넷을 타고 퍼져 삼척동자도 알 만한 사실이 되었다.

애초에 러비드 닷컴은 불륜을 조장한다는 의혹에 휩싸이면서 그 악명이 자자하던 기업이다.

그렇기 때문에 그들의 데이터베이스가 뚫렸다는 사실은 SNS를 타고 그 어떤 소식보다 먼저 퍼져 나갔다.

심지어 그들의 데이터베이스 공격 사건은 전 세계 통합 검색 엔진에서 벌써 두 시간째 1위를 달리고 있었다.

아마도 2,500만 회원들이 애가 닳도록 검색을 해대니 그 순위가 오르지 않을 수 없었을 것이다.

이 사실은 러비드 닷컴의 열성 회원인 루이든에게까지 퍼져 나갔다.

이른 오후, 루이든은 네 딸과 아내, 그리고 그 딸들이 데리고 온 예비사위들과 함께 오찬을 즐기고 있었다.

"하하하!"

"호호호!"

웃음이 끊이지 않는 오찬 자리에서 오로지 웃지 않고 있는 사람은 단 한 사람뿐이었다.

"여보?"

"……."

그는 아까부터 계속 스마트폰으로 러비드 닷컴의 해킹 소식만 뚫어져라 쳐다보고 있었다.

그러니 가족 모임에 제대로 신경 쓸 수 있을 리가 없었다.

급기야 그의 아내가 그의 허벅지를 찰싹 때리기에 이르렀다.

짝!

"허, 허억!"

"여보, 도대체 무슨 일이에요? 무슨 일인데 아까부터 그렇게 사색이 되어 있어요?"

"아빠, 무슨 일 있어?"

"아, 아니, 그게 아니고……."

"의원님, 구급차를 부를까요? 아니면 주치의라도 불러드릴까요?"

"아니, 괜찮네."

가족들의 관심을 한 몸에 받은 그는 애써 미소를 지으며 그들의 시선을 물렸다.

"하하, 않지. 내가 요즘 공무에 바빠서 이렇게 정신이 좀 없어. 이젠 괜찮아졌으니 계속 먹자고."

"아빠, 정말 괜찮아요?"

"무, 물론이지!"

다른 사람에겐 몰라도 네 딸에겐 좋은 아빠이자 롤모델이 던 그는 항상 미소를 잃지 않았다.

하지만 만약 그의 비행이 낱낱이 밝혀진다면 과연 어떻게 될까?

딸들은 외도를 일삼은 것으로도 모자라 성노예를 무려 50명 이나 거느린 아버지를 과연 어떻게 생각하게 될까?

그는 심각하게 꼬여 버린 머릿속을 정리하느라 도무지 정 신이 하나도 없었다.

그런 가운데 그에게 전화가 한 통 걸려왔다.

[발신번호 표시제한]

순간 그는 자리에서 벌떡 일어났다.

"자, 잠시 실례 좀 할게."

"여보?"

"금방이면 돼. 조금만 기다려."

이윽고 그는 가족들에게서 최대한 멀리 떨어져 전화를 받 았다.

"…너 이 새끼, 너지!"

─이런, 이런. 사람을 뭐로 보는 건가? 내가 경고했을 텐 데? 허튼수작 부리면 엄청난 일이 벌어질 것이라고.

"죽고 싶어? 한국에서 사업하는 청년이라고 했던가?"

―큭큭, 그게 온전히 나의 모든 정체는 아니지. 아무튼 네가 아직도 정신을 못 차린 것 같으니 정신이 번쩍 들 수 있도록 게임을 하나 진행하도록 하지.

"게, 게임?"

―지금부터 내가 숫자 하나를 셀 때마다 러비드 닷컴 회원들의 정보가 무작위로 1만 명씩 공개될 것이다. 물론 그 명단은 관공서를 비롯해 일반인에게도 날아가겠지.

"뭐, 뭐라?"

―후후, 재미있는 게임이 되겠군. 그럼 게임을 시작한다.

"자, 잠깐!"

―하나, 둘…….

이윽고 그는 재빨리 스마트폰 홈 화면을 클릭하여 인터넷 정보창을 띄웠다.

그러자 인터넷 1면에 러비드 닷컴 사용자의 명단이 초당 1만 명씩 공개되고 있다.

누군가 인터넷 검색 엔진의 게시판에 일부러 이 명단을 공개하고 있는 것으로 보였다.

그 속도가 어찌나 빠른지 검색 엔진에서 재빨리 대처해 지운다 해도 도저히 따라갈 수가 없을 지경이다.

때문에 지금 벌써 10만 명에 이르는 회원의 정보가 인터넷에 고스란히 게재되고 있었다.

─큭큭, 어때? 이제야 좀 정신이 드냐?

"나, 나에게 왜 이러는 거냐! 원하는 것이 뭐야?"

─앞으로 나와 계약 관계가 되어줘야겠다. 한마디로 너는 나의 심부름꾼이 되는 셈이지.

"……."

─싫다면 알아서 해라. 아참, 그리고 깜빡한 모양인데, 네 동영상은 아직도 내 손에 있다. 지금 내가 마음만 먹으면 그것도 공개할 수 있다.

"미, 미안하다. 아, 아니, 죄송합니다! 그러니 제발……!"

─후후, 진즉 그럴 것이지.

이윽고 그는 루이든에게 몇 가지 지시를 내렸다.

─지금 당장 나와 내 부하에게 걸려 있는 지명수배를 해제하고 이쪽으로 전용 헬기를 보내라. 그리고 너 역시 함께 그것을 타고 나에게 달려와라. 그것이 첫 번째 명령이다.

"아, 알겠습니다!"

루이든이 그와 협상을 하자마자 정보 공개는 거짓말처럼 멈추고 동영상 게재도 이뤄지지 않았다.

"…제기랄!"

그는 곧장 텍사스 주립 경찰서에 전화를 걸어 강수에 대한 지명수배를 풀고 전용 헬기를 준비시켰다.

＊　　　＊　　　＊

텍사스 포트워스 샤이닝스타 호텔.

이곳 스위트룸에서 깔끔하게 샤워를 마치고 나온 강수는 루이든이 준비한 음료수로 목을 축였다.

"크흐, 좋군."

"…마음에 드십니까?"

"물론이지. 이야, 이런 호텔이 있다는 소리는 금시초문이야. 안 그래, 다니엘?"

"후후, 그러게 말입니다. 제가 보스 덕분에 아주 호강을 하는군요."

"뭘, 이 정도 가지고."

"……"

강수는 일그러진 얼굴로 두 사람을 바라보고 있는 루이든에게 물었다.

"왜, 불만 있나?"

"아, 아닙니다."

그는 득의에 찬 미소를 지으며 말했다.

"아아, 어깨가 아프군. 어이, 루이든."

"예, 보스."

"여기 어깨 좀 주물러 봐."

"……."

"왜, 싫어?"

"그, 그건 아닙니다만……."

"그럼 뭐야? 뭐가 불만이야?"

"아무리 그래도 저는 지천명을 넘긴 나이인데 그렇게 하대를 하는 것은 좀……."

순간 강수는 전화기를 들었다.

"안 되겠군. 이 자식이 아직 정신을 못 차린 모양이야."

"죄, 죄송합니다! 다, 다시는 그러지 않겠습니다!"

이윽고 실소를 흘리며 강수가 말했다.

"큭큭, 장난이야. 설마하니 이제 와서 내가 너를 곤경에 빠뜨릴 일을 하겠어? 안 그래?"

"맞습니다. 우리 보스가 얼마나 정이 많은 사람인데요."

"……."

강수는 얼굴이 붉으락푸르락하는 그를 바라보며 말했다.

"어때? 네가 저지른 일에 대한 대가가 얼마나 큰 것인지 이젠 잘 알겠지?"

"…죄송합니다! 다시는 그런 일 없을 겁니다!"

"그래, 당연히 그래야지."

오만상을 찌푸리고 있는 그에게 강수가 물었다.

"좋아, 이제는 본격적으로 일을 해야 할 때가 왔군. 이석재는 지금 어디에 있나?"

"정확한 것은 아닙니다만, 스위스 제네바에서 그를 보았다는 사람이 있습니다."

"제네바?"

"그가 어째서 스위스로 간 것인지는 알 수 없습니다만, 이건 꽤나 믿음직한 정보통에 의한 소식입니다. 신뢰도가 꽤 높지요."

"으음, 제네바라……."

"명령하신다면 지금 제가 놈을 데리고 올 수도 있습니다."

강수는 고개를 가로저었다.

"아니, 그건 아니지. 네가 이석재를 데리고 튀면 어쩌라고?"

"그럴 일 없습니다. 이미 저는 보스께 목이 묶인 상태 아닙니까?"

"그러니까 네가 반항하기엔 시기가 너무 좋지 않다?"

"제 입장에서 본다면 그렇지요."

그는 슬그머니 미소를 지었다.

"후후, 나의 환심을 사려는 건가? 그깟 심부름 몇 번으로?"

"환심은 살 수 없을지 몰라도 이렇게 차근차근 저를 써주신다면 언젠가는 믿음을 갖게 될지도 모르는 일 아닙니까?"

"하긴 그건 그렇군."

강수는 나이가 한참이나 어린 자신에게 연신 고개를 숙이는 그를 바라보며 물었다.

"딸들에게 위신이 서지 않는 일이 그렇게도 싫은 건가?"

"…자식은 부모의 심장입니다. 그건 말도 안 되는 일이지요."

"흠, 그건 그렇지."

"아무튼 저를 믿어주신다면 제가 직접 이석재의 유무를 파악하고 오겠습니다."

"아니다. 제네바는 다니엘에 다녀온다."

"예, 보스. 알겠습니다."

"하, 하지만 제가 가는 편이……."

"다니엘은 이제 우리의 식구가 되었다. 아직 너는 우리의 식구가 되었다고 말하긴 힘들어. 그러니 조금 서운하더라도 참도록."

"…예, 보스."

이윽고 다니엘이 그에게 손을 내밀었다.

"내놔요."

"…뭘 말인가?"

"주소 말입니다. 얼른 다녀오게 내놔요. 주말에 경기가 있어서 좀 바빠요. 그러니 지체하지 말고 내놔요."

"경기라면?"

"그런 것이 있습니다. 우리끼리 하는 경기가 있어요."

"……."

"아무튼 어서 내놔요."

루이든이 이 집단에 속하고자 하는 것은 강수가 자신의 사람에겐 생각보다 훨씬 더 관대하고 도량이 넓어 보였기 때문이다.

하지만 그런 만큼 강수의 사람이 되는 일은 그리 간단한 일이 아니었다.

다니엘은 루이든에게 자신의 집단에 들어오는 것에 대한 팁을 몇 가지 건넨다.

"당신이 보스의 신임을 얻어 진짜 우리 식구가 되고 싶다면 욕심부터 버려요."

"…욕심?"

"보스는 당신이 생각하는 것보다 그릇이 훨씬 더 큰 사람입니다. 보스 한 사람만 바라보고 가는 것이 아니라면 아예 처음부터 함께할 생각을 하지 말라는 뜻입니다."

"……."

"우리는 넘버 투, 넘버 쓰리, 이런 개념이 없습니다. 그냥 보스를 제외하곤 그냥 거기서 거기인 사람들이죠. 그렇지만 그 누구 하나 불만이 없어요. 왜냐하면 보스가 우리를 모두 똑같이 여기기 때문이죠."

"그렇군."

이윽고 다니엘은 제네바로 떠날 차비를 서둘렀다.

*　　　*　　　*

스위스 제네바에 위치한 작은 식료품 전문점.

이곳에선 관광객들에게 알프스 산 치즈나 소시지 등을 판매하고 있었다.

그 값이 워낙 저렴하고 질이 좋긴 하지만 가게가 생긴 이래 단 한 번도 광고를 하지 않았다.

때문에 이곳이 제네바에 있다는 사실조차 아는 사람이 별로 없는 것이 현실이었다.

딸랑!

"어서 오세요!"

식료품점 주인 설리반은 가게 문을 열고 들어온 사람이 단골이라는 확신 하에 아주 정겹게 인사를 건넸다.

하지만 의외로 오늘 그녀를 찾아온 사람은 낯선 이방인이었다.

"뭐 찾으시는 물건이라도 있으신지요?"

"사람을 좀 찾고 있습니다."

"네?"

"사람이요. 동양에서 온 중년남성을 찾고 있습니다."

청년은 다짜고짜 그녀에게 사진 한 장을 내밀었는데, 그 안에는 동양인 중년남성이 들어 있다.

그녀는 고개를 갸웃거렸다.

"모르겠어요. 동양인은 다들 거기서 거기라서 말이죠."

"잘 생각해 봐요. 이 식료품점을 다니는 사람은 그리 많지 않잖습니까? 그렇다는 것은 이방인의 출입도 상당히 드물다는 뜻이 되겠지요."

청년의 날카로운 지적에도 그녀는 좀처럼 이 사람의 얼굴이 떠오르지 않는 모양이다.

"정말… 정말 모르겠는걸요?"

"그렇군요. 잘 알겠습니다."

잠시 후, 그가 식료품점 문을 열고 나서는데 셜리반의 아들 아델이 배달을 하고 돌아왔다.

"어머니, 저 왔습니다!"

"그래, 어서 오너라."

"뭐 하세요?"

"응, 지금 나간 사람이 누구를 찾아왔다고 하는구나."

"누구를 말이에요?"

"이런 사람을 찾아왔다는데……."

"으음."

아델은 알프스 산지에서 직접 가지고 온 치즈 박스를 바닥에 내려놓곤 사진을 들여다보았다.

그리곤 무릎을 쳤다.

"아아! 이 사람!"

"누구인지 알겠어?"

"어머니도 참, 우리 집에 토종 맥주를 가져다 주는 사람이 잖아요! 남한에서 왔다고 했던가? 아니, 북한에서 왔다고 했던가?"

"아아, 그렇구나! 어쩐지."

처음 보는 사람의 얼굴치고는 조금 낯이 익다는 느낌을 받은 설리반이다.

그녀는 자신이 기억을 못하는 바람에 사람을 놓치게 된 청년에게 미안한 마음이 들었다.

"이런. 요즘 내가 건망증이 심해져서 큰일이구나. 미안해서 어쩌지?"

"뭐, 내일쯤 다시 오겠죠. 원래 저런 사람들은 빚쟁이들을 찾아다니는 것이라서 한 번 왔다가 가도 다시 오잖아요."

"그건 그렇지."

"내일까지 기다려 보세요. 분명히 다시 찾아올 겁니다."

"그래, 그렇겠지?"

그녀는 자신 때문에 헛걸음을 한 그에게 미안한 마음이 들었다.

*　　　*　　　*

다음날, 다니엘은 설리반에게서 이석재에 대한 얘기를 전해 들을 수 있었다.

한데 그녀가 다니엘에게 털어놓은 얘기는 상당히 의외의 것이었다.

"무슨 배달이요?"

"맥주 말이에요. 보리로 담근 술 있잖아요."

"그래요. 맥주는 잘 알지요. 그런데 그가 이곳에서 겨우 맥주나 나르고 있다고요?"

"…왜요? 이런 가게에 물건을 납품하면 이상한 사람인가요?"

"아니요. 그런 뜻이 아닙니다."

다니엘은 이석재가 원래 뭘 하던 사람인지 설명해 주었다.

"이석재 씨는 한국에서 꽤나 큰 언론사를 운영하던 사람입니다. 비록 회사를 팔아먹긴 했지만 그 재산이 상당히 많을 겁니다. 굳이 말하자면 한 가족이 대를 이어 백 년은 먹고살 수 있을 정도는 되지요."

"그런데 왜 술을 배달하고 있을까요?"

"아마도 한국에서 벌어진 총격전 때문에 지명수배가 걸렸을 겁니다."

"총격전이요?"

"뭐, 그렇게 위험한 인물은 아닙니다만, 혹시 모르니 이놈을 조심하기 바랍니다."

"그, 그래요! 고마워요!"

다니엘이 그에 대해 일부러 나쁘게 말을 한 것은 이석재를 보는 즉시 경찰로 전화가 갈 것이기 때문이다.

그렇게 되면 이 사람이 진짜 이석기인지 아닌지 정화하게 판단이 될 터였다.

"아무튼 그럼 이 사람을 보게 되면 당신에게 연락하면 되는 건가요?"

"그래주시면 감사하지요."

"알겠어요."

다니엘은 그녀에게 꾸벅 고개까지 숙이며 부탁한 후 다른 곳으로 발걸음을 옮기려 했다.

하지만 바로 그때, 전혀 예상치도 못한 일이 벌어졌다.

딸랑!

"배달이요!"

"허, 헛!"

다니엘은 다름 아닌 이석재가 아주 후줄근한 차림으로 맥주통을 나르고 있는 모습을 볼 수 있었다.

놀랍게도 이석재는 정말로 이곳에서 맥주를 배달하며 살아가고 있었다.

셜리반이 이석재에게 그의 수배 소식에 대해 설명했다.

"아저씨, 저 사람이 그러는데, 아저씨 지명수배자예요?"

"지명수배자요? 그게 뭔데요?"

"그러니까, 사람이 잘못을 너무 크게 해서 그를 잡기 위해 현상금을 거는 거지요."

"현상금? 그거 돈 주는 거 아닌가요?"

"그래요. 말하자면 그렇죠."

"으헝헝! 돈, 나에게 누가 돈을 준다는 건가요?"

"……."

다니엘은 아무래도 그의 상태가 썩 좋지 않은 것 같다고 생각했다.

'기억상실인가? 가끔 기억상실로 사람이 실종되기도 한다니…….'

이 세상에는 기억상실로 인해 가족의 품으로 되돌아가지 못하고 다른 사람이 되어서 살아가는 경우가 꽤 많았다.

이석재가 과연 어떻게 이곳까지 오게 된 것인지는 알 수 없지만, 분명한 것은 그가 이렇게까지 바보천치에 사리 분별 못하는 사람은 아니라는 것이다.

"이봐요, 이석재 씨. 한국에서 오신 분 맞죠?"

"아니요? 저는 저기 골목에 있는 맥주양조장에서 일하는 사람인데요?"

"그럼 언제부터 거기에 있었습니까?"

"그건……."

순간 이석재가 중심을 잃고 쓰러졌다.

"으, 으헉!"

"이석재 씨!"

"머, 머리가 아파요! 머, 머리……."

다니엘은 즉시 그를 들쳐 업고 병원으로 향했다.

*　　　*　　　*

스위스 제네바 국립대학병원에 위치한 뇌의학 전문 병동을 찾은 다니엘은 자신의 예상대로 그가 기억상실에 걸린 것임을 알 수 있었다.

"최근에 머리에 엄청난 타격을 입은 것이 확실합니다. 저기 뇌의 왼쪽에 보이는 부분이 조금 까맣죠?"

"그렇군요."

"아마 뇌출혈로 생사의 기로에 놓였다가 낭종이 생겨서 기적적으로 되살아난 것으로 보입니다. 만약 저 낭종이 아니었다면 진즉 이 환자는 죽고 말았을 겁니다."

"운이 아주 지독하게 좋은 편이군요."

"뭐, 그렇다고 볼 수 있지요."

다니엘은 뇌파 탐지기를 연결한 채 여전히 누워 있는 그를 가리키며 물었다.

"그렇다면 기억을 되찾을 확률은 얼마나 됩니까?"

"글쎄요, 저 낭종이라는 것이 혈류를 막고 있긴 합니다만, 그렇다고 완전히 기억을 차단시키고 있다고 보긴 힘들어요."

"흠……."

"아마 환자 분께서 저렇게 기억을 잃은 것은 정신적인 충격이 더 컸기 때문이 아닐까요?"

"그렇군요."

의사의 말에 따르자면 이석재는 원래 이렇게까지 바보천치와 같은 사람은 아니었다.

그렇지만 사고 직후에 바로 치료를 받지 못하고 계속 이 상태로 방치되었기 때문에 뇌에 낭종이 생긴 것이다.

더군다나 그 과정에서 뭔가 심리에 엄청난 영향을 미치는 일이 계속되면서 지능이 거의 절반 이하로 하락하게 된 것이다.

"일단 병원에 입원시키는 편이 낫지 않겠나 싶군요."

"알겠습니다. 병원비는 제가 부담합니다. 그러니 이곳에서 치료해 주십시오."

"그렇게 하겠습니다."

다니엘은 이제 강수에게 전화를 걸어 그가 무사하다는 전갈을 보낼 참이다.

하지만 바로 그때, 병실 문이 열리며 한 무리의 청년들이 들이닥쳤다.

드르륵, 쾅!

"로들렌!"

"로들렌? 당신들은 누구십니까?"

청년들은 다니엘에게도 달려들어 그의 멱살을 잡았다.

"이런 나쁜 놈! 또 로들렌에게 무슨 짓을 하려는 거냐!"

"…그게 무슨 말도 안 되는 소립니까? 그냥 지나가는 길에 사람이 쓰러져 병원으로 데려온 것뿐인데."

"흥! 그걸 나더러 믿으라고? 당신도 로들렌에게 알아낼 것이 있어서 억지로 그의 머리를 후려갈긴 것 아니야!"

다니엘은 그제야 이 사람이 왜 이렇게까지 천치가 되었는지 알 것 같았다.

"아아, 그러니까 누군가 이 사람을 잡기 위해 괴한들을 보내어 머리를 내려쳤다? 그것도 기억을 되찾기 위해서 말입니다."

"이 자식이 근데 아까부터 모른 척을 하는군! 그러다 아주

혼쭐이 나는 수가 있어!"

다니엘은 이럴 때 쓰려고 가지고 다니던 가짜 인터폴 신분증을 꺼내 들었다.

"저는 인터폴 수사관 다니엘 클락이라고 합니다. 다니엘이라고 불러주세요."

"이, 인터폴?"

"한국에서부터 그의 행적을 좇았습니다. 그러다 그가 제네바에 있다는 소식을 듣게 되었지요. 당신들, 이 사람에 대해 얼마나 알고 있습니까?"

"그러니까……."

"수사에 공조하면 포상을 드릴 것이고, 그렇지 않다면 저도 어쩔 수 없습니다."

"……."

이윽고 사내들은 그에게 모든 것을 실토하기 시작했다.

"그러니까……."

제5장
기억상실

늦은 오후, 제네바 그라틴 맥주공장에서 일하는 청년들이 로들렌의 병실을 찾았다.

로들렌은 한국에서 건너온 이석재의 다른 이름이었다. 이곳에 사는 사람들은 그가 이석재라는 이름을 가지고 있다는 것조차 알지 못하는 것 같았다.

다니엘은 그런 그들에게서 꽤나 놀라운 얘기를 전해 들었다.

"대략 1년 전인가? 한국에서 왔다는 남자가 맥주를 한 통을 시켰어요. 어떤 한 외딴 섬으로 들어간다고 한 것 같아요."

"외딴섬이요?"

"그곳에 자신이 어머니께 물려받은 땅이 있다면서 그곳에 맥주 창고를 짓고 죽을 때까지 낚시나 할 생각이라고 했어요."

"흠……."

"그때는 그냥 그러려니 하고 넘겼는데 지금 생각해 보니 그게 제정신일 때 내린 어떤 결단이 아닌가 싶어요. 그리고 난 후엔 이 근방에서 대략 한 달 정도 머물면서 술을 마시며 지냈어요. 그러다 한 여자와 눈이 맞아서 호텔에서 잠깐 동거를 했죠."

"그런데 어쩌다 머리를 다친 겁니까?"

"사고였어요. 호텔 앞에서 자동차 사고로 머리를 다쳤죠. 그 이후엔 함께 동거하던 여자와 계속 살고 있어요."

"그럼 그녀와 사실혼 관계를 유지하고 있었다고 볼 수 있겠군요."

"뭐, 그런 셈이죠."

"이것 참."

다니엘이 알기론 이석재 회장의 슬하에는 네 명의 자식이 있고 아내와 내연녀도 한 명 있었다.

그런데 외국까지 건너와 사실혼 관계를 유지하고 있었다니 기가 찰 노릇이다.

그는 이석재의 아내와 만날 수 있는 수단에 대해 물었다.

"이분의 자택을 안내해 주실 수 있겠습니까?"

"그건 어렵지 않습니다만, 그녀가 과연 당신을 만나줄지는 의문이군요."

"어째서 그렇습니까?"

"아까도 말씀을 드렸습니다만, 로들렌은 사고 이후에도 괴한들에게 머리를 얻어맞아 아예 천치가 되어버렸습니다. 그래서 그녀는 낯선 사람의 방문을 상당히 꺼려 해요."

"흠……."

"하지만 그래도 한번 찾아가 보겠다면 주소쯤은 알려줄 수 있어요. 하지만 우리가 당신을 데리고 왔다는 것을 알면 큰 사달이 날 겁니다. 그러니 가려거든 혼자 가세요."

"알겠습니다. 그렇게 하지요."

다니엘은 미국에서 건너온 조직원 20명을 병원에 배치하면서 당부했다.

"이곳에 낯선 사람이 다가오는 것을 경계해라."

"예, 보스."

이윽고 그는 제네바 외곽에 위치한 작은 골목 마을로 향했다.

* * *

쏴아아아아!

시원한 바람이 골목마다 불어오는 마을 '로잘린' 에서도 꽤나 높은 고지대에 위치한 이석재의 집은 아기자기한 맛이 일품이었다.

하지만 그곳까지 올라가는 길은 결코 만만치가 않았다.

"헉헉! 이곳이 말로만 듣던 그 달동네가 아닐까?"

가끔 강수가 입버릇처럼 말하던 달동네는 마치 머리에 달이 닿을 듯이 높은 지대에 위치해 있다고 하여 붙여진 이름이다.

보통 달동네는 형편이 좋지 않은 사람들이 싼값에 집을 마련하기 위해 많이 찾았다.

전쟁통에는 집을 지을 곳이 없어서 그냥 뒷산을 밀어버리고 판자로 집을 지은 것이 달동네의 시초가 되었다.

지금은 재개발이니 뭐니 말이 많은 한국의 달동네와 이곳은 조금 닮은 구석이 있어 보였다.

사람이 살기 불편하면서도 입지가 별로 좋지 못해서 값이 싼 땅에 집을 마구잡이로 지어놓아서 그런지 집과 집이 다닥다닥 붙어 있다.

하지만 워낙 집을 아기자기하게 지어놓아서 감상하는 사람으로선 그 풍경이 썩 나빠 보이지만은 않았다.

하지만 문제는 이곳을 오르내린다는 일이 결코 쉽지 않아

보였다.

다니엘은 무려 40분이나 걸리는 대장정 끝에 로잘린에서 가장 높은 곳에 위치한 이석재의 집에 닿을 수 있었다.

"헉헉! 사람 잡을 동네군."

체력이라면 그 어떤 누구에게도 지지 않을 자신이 있는 다니엘이건만, 이곳은 그 상식을 가볍게 뛰어넘었다.

과연 이런 집은 도대체 어떻게 지었는지 궁금해질 정도이다.

쿵쿵쿵!

다니엘은 거친 숨을 고를 새도 없이 곧장 이석재의 집 문을 두드렸다.

"계십니까!"

다짜고짜 대문을 두드리는 그의 앞에 단아하게 생긴 여성이 모습을 드러냈다.

"누구시죠?"

"인터폴에서 나왔습니다. 이석재 씨 자택 맞습니까?"

"…누구요?"

"이석재 씨 말입니다. 아니지. 이석재 회장님 말입니다."

그러자 그녀의 표정이 싸늘하게 변했다.

"그런 사람 몰라요. 그러니 어서 돌아가세요."

"이석재 씨 댁 아닙니까?"

"아니라고요! 그러니 돌아가요!"

순간 문을 닫고 들어가 버리려는 그녀에게 다니엘이 말했다.

"이보세요, 사람이 말을 하면 좀 들어봐요. 당신과 사실혼 관계에 있는 남자가 이석재 씨 맞지요?"

"……."

"이 사람 말입니다. 로들렌이라고 불린다죠?"

그제야 그녀는 대문에서 몸을 빼내 그와 정면으로 마주했다.

"그래요. 이 사람이 제 남편입니다. 그런데 무슨 문제라도 있나요?"

"있지요. 이 사람은 원래 한국에 가정을 꾸리고 있던 사람입니다. 그런데 어째서 당신과 사실혼 관계를 유지하고 있는 겁니까?"

"……."

"이석재 씨가 당신께 가정의 유무에 대해서 말하지 않았습니까?"

"했어요."

"그런데 어째서 그와 동거하고 있던 겁니까?"

그녀는 곱고 하얀 얼굴을 와락 일그러뜨리며 말했다.

"그게 죄예요? 사랑하는 사람을 만나서 함께 사는 것이 죄냐고요."

"그건 아닙니다만, 가정이 있는 사람이 밖에서 다른 여자
와 사는 것은 법적으로 금지되어 있으니 드리는 말씀이죠."

"……."

"아무튼 중요한 것은 그게 아닙니다. 어째서 이석재 씨가
저 지경이 되었느냐는 것이지요."

"저 지경이요?"

"지금 이석재 씨는 머리를 다쳐 병원에 입원 중입니다."

순간, 그녀가 화들짝 놀라며 다니엘의 멱살을 틀어쥐었다.

꽈득!

"그, 그이가 지금 어디에 있다고요?"

"제네바 국립병원에 있습니다. 제가 요원들로 하여금 병실
을 지키도록 지시했으니 걱정하실 필요는 없고요."

그녀는 신발도 제대로 챙겨 신지 않고 집을 나서려 했다.

"가, 가봐야 해요! 그 사람은 내가 없으면 살 수가 없다고
요!"

"잠깐. 얘기는 끝내고 갑시다."

"무슨 얘기요! 지금 사람이 다쳤다는데 그깟 과거가 무슨
대수죠?"

"대수지요. 무려 회장입니다. 그런 자신의 직책을 이용하
여 진 사기의 금액만 수백억입니다. 알아요?"

"……."

"만약 당신이 입을 열지 않는다면 스위스 경찰과 공조하여 당신을 체포하겠습니다. 그래도 좋아요?"

그녀는 다니엘의 으름장에 잡고 있던 멱살을 스르르 놓았다.

"…그것도 죄가 되나요?"

"물론입니다. 죄인을 숨겨준 것도 충분히 죄가 됩니다."

"……."

"그러니 뭐가 어떻게 된 것인지 사정을 좀 설명해 주셔야겠습니다."

"알겠어요. 일단 들어오세요."

이윽고 그녀는 다니엘을 데리고 집 안으로 들어갔다.

* * *

그녀는 이석재와 처음 만날 날을 상기했다.

"아마 그를 처음 본 날은 찌는 듯한 여름이었을 거예요. 저는 제네바에 있는 선술집에서 일하고 있었는데 그는 매일같이 정체불명의 술을 가지고 와서 맥주와 함께 섞어 마셨지요. 어떻게 보면 그냥 소독용 알코올 같기도 하고 맛이 조금 달달한 것 같기도 했어요."

"소주를 맥주와 함께 섞어 마신 것이군요."

"아아, 맞아요, 소주. 소주가 맞는 것 같아요."

이석재의 내연녀이자 현 사실혼 관계의 아내인 앤은 그와 가까워진 결정적인 순간을 떠올렸다.

그러자 그녀의 눈동자에 아련한 추억이 돋아나는 것 같았다.

"고독했죠. 그의 눈동자는 너무나도 고독했어요. 그리고 어린아이처럼 매일 술에 취해서 바닥을 뒹구는 모습이 안쓰러웠어요. 마치 길가에 버려진 강아지를 보는 것 같은 느낌이었다고나 할까요?"

"…강아지라고 하기엔 너무 늙고 크지요."

"아무튼 저는 그런 그가 좋았어요. 그래서 내가 먼저 술자리를 제안하고 마음을 고백했어요. 그 이후엔 급격하게 가까워져 연인에서 부부로 발전했지요."

"흠, 그랬군요. 그런데 갑자기 그가 머리를 다친 것은 무슨 이유로 그런 거죠?"

그 당시의 얘기를 하는 것이 상당히 부담스러운지 그녀는 인상을 구긴 채 입을 열었다.

"누군지는 몰라요. 일본인인지 한국인인지 모를 사람이 스포츠카를 끌고 와서 그를 밀어버렸어요. 정말 순식간이었어요. 그렇게 고급차를 탄 사람이 로들렌을 밀어버릴 줄은 꿈에도 몰랐고, 호텔 앞에서 그런 일이 벌어진다는 것은 있을 수 없는 일이니까요."

"사고를 낸 사람은 잡혔습니까?"

"아니요. 못 잡았어요. 호텔 입구에 CCTV가 있긴 했지만 차량의 번호판이 가짜였기 때문에 범인을 잡는 것은 불가능했어요."

"그러니까 누군지도 모를 사람이 일부러 대포차로 그를 들이받고 도망갔다는 소리군요?"

"말하자면 그렇게 되는군요."

그녀는 그 이후의 삶이 아주 끔찍했지만 그래도 행복했다고 말했다.

"그가 정신을 잃고 난 후 삶은 점점 힘들어졌어요. 머리를 다친 남편 때문에 혼자서 돈을 벌고 살림까지 도맡아야 했지요. 그리고 그는 언젠가부터 내가 없으면 아무것도 못하는 사람이 되었어요. 하지만 그 이후엔 점점 기력을 회복해서 맥주 공장에 취직도 했어요. 그는 내가 너무 좋고 사랑스럽다며 매일 저녁마다 꽃도 사다 줬어요. 나는 그 꽃을 이 작은 마당에 차곡차곡 심었지요."

"아아, 그래서 이 집 근처에 꽃이 이렇게 많은 것이군요?"

"네, 그렇지요."

다니엘은 그 뒤로 사건이 한 차례 더 발생했다는 것을 알고 있다.

"두 번째로 머리를 얻어맞은 것은 왜 그런 겁니까?"

"…몰라요. 야밤에 공장 친구들과 맥주를 마시고 들어오다가 괴한에게 머리를 얻어맞았어요. 집에 올라왔을 때까지만 해도 괜찮다고 하더니 어느 한순간에는 픽 쓰러져 일어나지 못했어요. 그러다 한 보름이 지났을까? 갑자기 자리에서 벌떡 일어나더니 식사를 차려달라고 하더군요. 그리곤 평상시처럼 맥주공장으로 나가서 일했어요. 사람들은 그가 살아난 것이 기적이라고 입을 모아 말했죠."

"그 이전보다 지능이 더 떨어졌다거나 행동이 이상해진 것은 느끼지 못했습니까?"

그녀는 고개를 가로저었다.

"지능이 조금 더 떨어진 것은 맞아요. 하지만 행동이 이상해지지는 않았어요."

"그렇군요."

다니엘은 지금까지 그를 보살핀 그녀에게 한 가지 제안을 했다.

"좋습니다, 부인. 그럼 제가 이석재 씨를 한국으로 데리고 가지 않고 계속 제네바에서 살 수 있도록 해드리겠습니다. 물론 원한다면 이석재 씨가 가고자 한 섬을 제가 사드릴 수도 있고요."

"저, 정말인가요?"

"하지만 조건이 있습니다. 이석재 씨와 함께 한국에 며칠 다녀와야겠습니다."

"그, 그건 좀……."

"괜찮아요. 아무 일 없을 겁니다. 그저 이석재 씨가 치고 다닌 사기를 수습하기 위함이니까요."

"으음, 으으음."

왠지 모르게 불안해 보이는 그녀, 다니엘은 이석재의 사고가 다름 아닌 그녀에 의한 소행임을 직감했다.

의사가 말하길 그를 조금만 더 빨리 병원으로 데리고 왔다면 충분히 정상적으로 생활할 수 있었을 것이라고 했다.

그렇다는 것은 그녀가 이석재를 자신에게 의지하도록 만들기 위해 일부러 병원 행을 고사했다는 것을 암시한다.

그리고 누군가에게 머리를 얻어맞았다는 것, 그리고 그 이후에도 병원에 가지 않고 집에만 처박혀 있었다는 것은 조금 석연치 않은 점이 많았다.

다니엘은 이 진실에 대해선 추후에 밝혀내기로 했다. 어쩌면 그녀 역시 모종의 세력에 의해 조종당하는 끄나풀일 가능성이 많았기 때문이다.

'일단 모든 일을 수습한 후에 조사해 보자.'

자리에서 일어선 그는 그녀에게 명함을 한 장 건넨다.

"제가 한국으로 이석재 씨를 데리고 가 있는 동안 그의 소식이 궁금하다면 이쪽으로 연락을 주십시오. 그리고 다니엘을 바꿔달라고 하시면 저와 연결될 겁니다."

"…알겠어요. 그렇게 할게요."

이윽고 다니엘은 다시 제네바 국립병원으로 향했다.

*　　*　　*

제네바에서 한국으로 이석재를 데리고 온 다니엘은 강수에게 그의 상태를 진단하도록 부탁했다.

그러자 그는 회복에 대해선 가히 따라올 사람이 없을 정도로 전문가인 엘레나에게 이석재를 넘겼다.

엘레나는 그의 뇌를 신성력으로 살펴본 후 이렇게 진단했다.

"뇌가 한번 깨졌군요."

"뇌가 깨져?"

"이 정도 충격을 받았다면 적어도 자동차로 머리를 치고 지나갔어야 맞아요. 그럼에도 이렇게 살아 있다는 것은 기적이죠."

"그 이후에 머리를 맞았는데도 죽지 않은 것은?"

"천우신조죠. 내출혈이 고름을 만들어내 그것이 낭종으로 발전할 가능성은 로또를 맞을 확률보다 낮아요. 그런데 그 낭종으로 인해 목숨을 건지는 것은 얼마나 어렵겠어요?"

"하긴."

"아무래도 그는 두 번이나 살해 위협을 받은 것이 확실해요."

다니엘은 앤에게서 받은 느낌을 그녀에게 말했다.

"제가 보기엔 이 모든 사건이 그녀가 벌인 일이 아닌가 싶습니다. 머리를 다쳤음에도 불구하고 병원엘 데리고 가지 않았다니 뭔가 좀 이상하지 않습니까?"

"흠, 그럴 수도 있겠군요. 아무튼 이 사람이 기억을 찾는 일은 그리 쉬울 것 같지 않아요."

"그럼 어떻게 합니까? 다시는 기억을 되찾을 수 없는 겁니까?"

그녀는 고개를 가로저었다.

"아니요. 할 수는 있어요. 하지만 엄청난 고통이 수반되겠죠. 오히려 치료를 받다가 정신이 나가서 미쳐 버릴 수도 있어요."

"그, 그럼……."

"하지만 이대로 바보 천치처럼 사는 것도 말이 안 되죠. 어서 이 사람의 뇌를 뜯어고쳐 물어볼 것이 많잖아요?"

강수는 그녀의 말에 동감했다.

"맞아. 아픈 것은 이놈 사정이고 우리가 할 일은 해야겠지."

"그렇지만……."

"엘레나, 이놈을 치료하는 데 얼마나 걸리겠어?"

"대략 일주일 정도?"

"알겠어. 그동안 최선을 다해줘. 우리는 이놈이 꼭 필요하니까."

"알겠어요."

그녀는 강수의 부탁으로 이석재를 살리기 위한 시술에 들어갔다.

*　　　*　　　*

고비산맥 제11구역.

이곳은 이제 성기사들이 각종 시술을 행할 수 있는 병원으로 탈바꿈했다.

그녀가 가진 의학적 지식은 현대 의학에 미치지 못했으나 엘레나는 전문 서적을 탐독함으로써 신성력에 의학을 더하게 되었다.

하여 그녀는 가히 죽어가는 사람도 살릴 수 있는 신의가 되어 있었다.

삐빅, 삐빅.

그녀는 현대 의학 장비와 함께 자신의 신성력을 섞어 이석재의 뇌를 치료하기 시작했다.

"석션 준비."

"예, 단장님."

엘레나를 보조하는 사람들은 전부 그녀와 함께 의학 지식을 쌓은 성기사들이었다.

이제 그녀들은 어지간한 외과의사보다 더 뛰어난 지식을 가지고 있었으며, 숙련된 간호사보다 더 자연스럽게 수술을 도울 수 있게 되었다.

덕분에 그녀들은 고비사막에 있는 그 어떤 생명체라고 해도 고칠 수 있는 드림팀이 된 것이다.

그녀는 초정밀 미세경을 착용한 후 매스로 천천히 뇌를 갈랐다.

촤락.

그리곤 이내 신성력의 파동으로 굳게 닫혀 있던 두개골을 정확히 반으로 쪼갰다.

끼기기기기기긱!

"석션!"

치지지지지직!

성기사들은 그녀의 곁에서 석션 장비로 피를 빨아들이며

시야를 제공해 주었다.

엘레나는 그녀들이 닦아놓은 길을 초정밀 장비로 들여다보며 시술을 이어나갔다.

삐빅, 삐빅.

두개골 고정 장치로 두 갈래의 두개골을 고정시켜 놓고 좌뇌 구석으로 손을 집어넣은 그녀는 딱딱하게 굳어버린 낭종을 발견했다.

"이것이군."

이제 이것을 떼어내게 되면 그는 뇌혈관이 급격히 확장되어 사망에 이를 수도 있었다.

하지만 그녀는 이 모든 것을 자연스럽게 마무리할 수 있는 능력을 가지고 있었다.

우우우우웅!

그녀의 손에서 흘러나온 신성력의 파동이 그의 뇌에 자리 잡으면서 혈류가 폭주하는 것을 막아주었다.

그러자 그녀는 곧장 낭종을 떼어내고 그 위에 수술용 대체 혈관을 씌워 단단히 지혈시켜 주었다.

이제 그녀가 다시 한 번 힐을 사용하여 대체 혈관 속 뇌혈관을 치료하게 되면 수술은 마무리될 것이다.

"힐은 제가 할까요?"

"그래주겠어?"

엘레나를 돕고 있던 간호사 중 한 명이 신성력의 파동으로 힐을 시전했다.

"힐!"

우우우우웅, 팟!

순백색 기운이 이석재의 뇌에 자리 잡았고, 그 기운은 순식 간에 그의 뇌를 치유하기 시작했다.

"좋아, 힐이 먹혀들었군. 이제 빨리 뇌를 덮고 마무리하자 고. 잘못하면 이대로 굳어버릴 수 있어."

"예, 단장님."

힐은 상처 부위를 치료하는 기능뿐만 아니라 인체의 자가 치유 능력을 증폭시켜 상처가 빨리 아물 수 있도록 도와준다.

때문에 힐을 사용하고 난 후엔 되도록 빨리 수술을 마무리 해야 뒤탈이 생기지 않았다.

슥슥슥.

신속하게 그의 뇌를 꿰매어 수술을 마친 엘레나가 땀에 흠 뻑 젖은 머리를 한 차례 털어낸다.

"후우, 역시 뇌를 다루는 일은 힘들군."

"고생 많으셨습니다. 이제 놈이 스스로 회복할 수 있도록 기도하는 수밖에 없군요."

"그래, 이제 남은 것은 이 사람의 의지력에 달렸어."

뇌를 고치는 것은 불가능한 일이 아니었지만, 그 상처가 회복되는 데 수반되는 고통은 환자가 스스로 감내해야 했다.

때문에 치료 도중에 사람이 미쳐 정신이 나가 버리는 경우가 발생할 수도 있었다.

"모든 것은 신께서 알아서 하시겠지."

이제 그녀들은 이석재를 병실로 옮겨놓고 각자의 자리로 돌아갔다.

*　　　*　　　*

다음날, 이석재가 입원한 병실에서 엄청난 크기의 비명 소리가 들려왔다.

"끄이에에에엑!"

"이봐요! 정신 좀 차려요!"

"씨발! 대가리에 개미가 기어 다니는 것 같아! 빨리 톱 좀 가져다 줘!"

상처가 워낙 빨리 아물기 때문에 진탕되었던 뇌는 평소보다 대략 열 배가량 빠르게 움직이게 된다.

때문에 마치 머릿속에 개미가 기어 다니는 것처럼 끔찍한 고통이 지속되고 있었던 것이다.

괴이한 비명을 질러대는 그에게 다가온 강수가 말했다.

"죄를 지었으니 그 값을 치른다고 생각해라."

"끼엑, 끼엑! 이런 개자식! 차라리 나를 죽여라! 도대체 나에게 왜 이러는 건데!"

"나는 네가 필요하다. 자세한 얘기는 네가 제정신으로 돌아오면 알려주도록 하지."

"……."

이윽고 강수는 병실 문을 닫고 곧장 발걸음을 옮겼다.

일주일 후, 이석재는 거의 반쯤 정신이 나간 상태로 지내고 있었다.

"……."

입가에는 거품이 흘러나와 딱딱하게 굳어버린 흰색 자욱이 군데군데 있고, 눈동자는 실핏줄이 다 터져서 붉게 물들어 있었다.

게다가 얼굴은 얼마나 손으로 쥐어뜯었는지 이젠 원래의 형태를 알아보기도 힘들었다.

하지만 힐을 하루에 한 번씩 받는 그이기 때문에 내일이면 다시 얼굴이 제자리로 돌아오게 될 것이다.

11구역 병원 테라스에 앉아 일광욕을 즐기고 있던 그에게 엘레나가 다가왔다.

"이석재 씨?"

"……!"

"치료 받을 시간이에요. 어서 병실로 돌아가요."

힐을 받는 즉시 머리에 개미가 기어 다니는 그 고통이 다시 시작될 터, 이석재는 눈물을 흘렸다.

"흑흑, 도대체 나에게 왜 이러는 겁니까? 내가 뭘 그렇게 잘못했어요? 내가 무슨 죄를 그렇게 많이 지었냐고요?"

"…모든 것이 다 당신을 위한 거예요. 그러니 더 이상 반항하지 말고 순순히 내 말을 들어요."

"싫습니다! 도대체 사람이 살 수가 없어요! 이대로라면 내가 미칠 수도 있다고요!"

엘레나는 그의 애원에도 불구하고 뜻을 굽히지 않았다.

"별수 없어요. 그럼 이대로 그냥 죽을래요?"

"……."

"죽기 싫다면 견뎌요. 그럼 더 이상 고통스럽지 않고 살아갈 수 있을 거예요."

이석재는 자신의 눈물로도 움직일 생각을 하지 않는 그녀에게 체념했다는 듯이 물었다.

"…좋습니다. 그럼 앞으로 몇 번이나 더 치료를 받아야 하는지 알려주십시오."

그녀는 손가락 세 개를 펼쳐 들었다.

"딱 세 번, 그 이상은 건드리지 않겠습니다."

"저, 성말입니까? 세 번이면 끝납니까?"

"장담할게요. 이 치료는 이제 거의 다 끝나가고 있어요."

이석재는 기쁨에 가득 찬 얼굴로 외쳤다.

"아, 알겠습니다! 이제 주사든 뭐든 놓아주십시오! 달게 맞겠습니다!"

"그래요. 그런 자세만이 당신이 살길이에요."

이윽고 그녀는 그레이트힐을 시전했고, 그는 지금까지 겪은 것과는 차원이 다른 고통에 휩싸였다.

"끄엑, 끄이에엑!"

"조금 아파요. 그래도 괜찮죠?"

"끄엑, 끄에에에에에에엑!"

그는 이제 마치 귀신 들린 사람처럼 방 안을 이리저리 굴러다니며 괴기스러운 비명을 질러댔다.

보는 사람으로 하여금 절로 인상을 찌푸리게 만드는 그의 치료 장면은 가히 충격적이라고 할 수 있었다.

하지만 지금으로썬 다른 방법이 없었다.

"조금만 참아요. 곧 끝나니까."

"끄이에에에엑!"

그녀는 이내 다시 병실 문을 잠가 버렸다.

*　　　*　　　*

약속한 일주일이 지나고 난 후, 강수는 제정신으로 돌아온 이석재를 만날 수 있었다.

그는 이제 정상적인 생활을 영위하며 제법 여유로운 모습이다.

"좀 괜찮나?"

"당신이 나를 치료해 준 덕분에 이렇게 살아 있소. 고맙소."

"별말씀을."

이윽고 강수는 그에게 커피 한 잔을 건넨다.

"마시겠나?"

"아니오. 나는 이제 뇌에 영향을 미치는 음식이라면 딱 질색이오."

"후후, 그럴 만도 하지."

지금까지 그는 생명을 담보로 한 치료를 받아온 터라 정신이 나가는 고비를 몇 번이나 넘겼다.

그런 그에게 커피와 담배, 술은 더 이상 가까이 하고 싶지 않은 음식이었다.

이석재는 자신을 치료해 준 강수에게 자초지종을 물었다.

"그나저나 당신은 왜 나를 이렇게까지 해서 살려준 것이오? 도대체 나와 무슨 인연이 있다고 말이오."

"인연은 없지. 하지만 당신이 가지고 있던 한강일보 그룹의 지분이 필요해. 내가 원하는 것은 그것뿐이야."

이석재는 실소를 흘렸다.

"후후, 당신 역시 내 회사를 노리고 접근한 것이었군."

"그것 말고는 내가 당신을 치료해 줄 이유가 없지. 아무런 연고도 없는 사람을 말이야."

그는 고개를 끄덕였다.

"좋소. 나를 치료해 주셨으니 보답을 해야겠지. 당신께 내 회사를 드리리다."

"정말인가?"

"하지만 내가 회사를 준다고 해도 인수가 쉽지는 않을 거요."

"인수가 쉽지 않다……."

"알고 있겠지만, 한강일보 그룹을 노리는 회사가 한두 군데가 아니오. 그 때문에 내가 이 지경이 된 것이지."

"대표적으로 누가 있나?"

"미국의 상원의원 루이든이 있고, 그다음으론 화성그룹이 있소."

"뭐, 거기서 거기인 놈들이군. 혹시 고스트가 당신을 압박하지는 않았나?"

순간 이석재가 화들짝 놀라며 강수를 바라보았다.

"다, 당신이 고스트를 어떻게……?"

"다 아는 방법이 있지. 그리고 이 세상에 고스트가 영향을 끼치지 않은 사람이 있겠어? 그중에서 나는 재수가 엄청나게 없는 놈이라고 할 수 있지."

"…그렇군."

"아무튼 뒷일은 내가 알아서 할 테니 회사나 넘겨."

"알겠소. 그리하리다."

남은 얘기가 조금 더 있었지만 강수는 이쯤에서 그와의 면담을 마무리했다.

제6장
둥지를 떠나다

서울 서대문구 연희동에 위치한 주택가.

강수는 지수와 함께 연희동 부동산공인중개사를 찾았다.

공인중개사는 강수에게 2층으로 된 복층 구조의 집 두 개와 1층으로 된 고급주택을 보여주었다.

"어떻습니까? 이 정도면 값도 괜찮고 크기도 적당한 것 같습니다만."

"총 몇 평이죠?"

"2층으로 된 집은 90평이 조금 넘고 1층으로 된 곳은 대략 80평가량 됩니다."

"흠."

"값은 20억 선에서 조금 절충할 수 있을 것 같습니다. 마음에 드신다면 집주인과 상의해 보겠습니다."

지수가 고민에 잠긴 강수에게 귓속말을 했다.

"…오빠, 너무 비싸. 무슨 집이 20억이나 해? 도대체 이렇게 비싼 집을 누가 산다고……."

"아니야. 이 정도 입지에 이 정도 가격이면 꽤 괜찮은 편이라고."

"하지만……."

강수는 공인중개사에게 20억 상당의 20층집을 구매하겠다고 밝혔다.

"결정했습니다. 2층집으로 계약하죠."

"가격은 어떻게……."

"깔끔하게 17억에 절충하시죠. 잔금은 입주하면 곧바로 현금으로 치르겠습니다."

"17억이라……. 알겠습니다. 그럼 일단 저쪽에서도 생각할 시간이 있어야 하니 잠시만 기다리시죠."

"알겠습니다."

지수는 무턱대고 계약부터 하겠다고 한 강수가 조금 무모하다고 생각한 모양이다.

"오빠, 아무리 오빠가 돈을 잘 벌어도 이렇게 돈을 막 써도 되는 거야?"

"괜찮아. 당분간 내가 살 집인데 이 정도 투자도 못하겠어?"

순간 지수가 고개를 갸웃거렸다.

"오빠가 살 집이면 살 집이지 당분간은 또 뭐야?"

강수는 슬그머니 미소를 지었다.

"뭐, 그런 게 있어."

잠시 후, 공인중개사가 강수에게 웃는 얼굴로 말했다.

"계약하시죠! 17억에 절충하기로 했습니다!"

"고생하셨습니다. 사례는 제가 충분히 해드리겠습니다."

"하하, 별말씀을요!"

이로써 20억 상당의 주택이 17억에 절충되었다.

강수는 곧바로 부동산으로 향했다.

"지수야, 네 인감도장 챙겨."

"내 인감? 내 인감은 왜?"

"쓸 데가 있어."

"알겠어."

집을 계약하는 데 왜 자신의 인감도장을 가지고 오라는 것인지 부동산 계약을 처음 해보는 그녀로선 함께 사는 가족들의 도장도 있어야 한다고 생각했다.

하지만 사실 집을 계약하는 본인 이외엔 다른 사람의 인감도장은 필요가 없다.

그럼에도 강수가 그녀에게 인감도장을 챙기라고 한 것은 다른 이유가 있어서였다.

그는 이제부터 조금씩 그녀에게 혼수 개념으로 재산을 증여할 생각이었던 것이다.

아무것도 알 수 없는 지수로선 그저 강수가 시키는 대로 움직일 뿐이었다.

잠시 후, 부동산에 도착한 강수는 집의 등기부등본과 판매자의 주민등록을 대조해 보았다.

사진은 물론이고 지문까지 정확하게 다 일치시킨 강수는 그제야 선수금을 지불하기로 했다.

"돈은 여기 나와 있는 계좌로 지금 바로 보내겠습니다. 그리고 나머지 잔금은 전부 현금으로 지불하지요."

"네, 알겠습니다."

돈을 보내겠다고 말한 강수는 자신이 서명하는 것이 아니라 동생 지수에게 인주를 내밀었다.

"여기서 서명하고 도장 찍어."

"내가? 내가 왜?"

"이제부터 이 집은 네 것이니까."

"뭐, 뭐라고? 갑자기 나에게 왜……."

"아버지가 물려주신 거라고 생각해. 네 혼수자금으로 사용하든지 평생 이곳에서 살든지 그건 네가 알아서 하고."

"······."

지수는 얼떨떨한 표정으로 강수를 바라보았다.

"계약하는 사람 기다리잖아. 어서 찍어."

"아, 알겠어."

그녀는 강수의 지시대로 계약서에 인감도장을 찍었고, 이로써 그녀에게 17억 상당의 재산이 생겼다.

강수는 전 집주인과의 악수를 끝으로 계약을 마무리했다.

"잘 부탁드립니다. 꽤나 공들인 집이거든요."

"물론입니다."

이윽고 강수는 계약서를 챙겨 들고 곧장 동사무소로 향했다.

*　　　*　　　*

동사무소에서 소유권 이전 등의 절차를 모두 마친 강수는 곧바로 전자제품 백화점으로 향했다.

지수는 눈에 보이는 족족 구매하겠다며 계약하고 다니는 강수를 바라보며 덜컥 겁이 났다.

"오빠, 정말 이래도 되는 거야?"

"뭐가?"

"지금까지 오빠가 산 물건 값이 무려 5천만 원이야. 이 돈을 다 갚을 수는 있는 거야?"

강수는 그녀를 바라보며 실소를 흘렸다.

"후후, 이 오빠가 이제 남는 것이라곤 돈밖에 없다. 잘 알잖아?"

"하지만 난 아직도 실감이 나지 않아서……."

"괜찮아. 이제 곧 익숙해질 거야. 앞으로 이 오빠가 네 뒤는 든든히 봐줄게."

"…응."

사실 지금까지 살아오면서 강수는 지수에게 10만 원 이상의 돈을 쓴 적이 한 번도 없었다.

가계 살림으로 5만 원 이상 사용한 적도 별로 없는데 그녀에게 돈을 쓸 수가 없었던 것이다.

그 탓에 지수는 지금까지 하루에 5천 원 이상의 돈을 써본적이 없고, 그 이상을 상상한 적도 없었다.

한마디로 지금까지의 삶이 그녀의 지갑이 열리는 데 영향을 미치고 있었던 것이다.

하지만 이젠 강수가 벌어들인 천문학적인 돈을 조금이나마 함께 쓰게 되니 적응이 되지 않은 모양이다.

하나 그러거나 말거나 강수는 그녀에게 마구 돈을 퍼주고 있었다.

"컴퓨터도 필요하고 노트북, 세탁기, 전자레인지, TV, 홈시어터, 태블릿PC… 또 뭐가 있지?"

"무슨 장사라도 하려고?"

"장사는 아니고 네가 앞으로 살아가는 데 필요한 것들을 나열해 보는 거야. 기왕이면 새것으로 전부 다 사는 편이 좋을 것 같아서."

"후우, 우리 오빠, 머리에 번개 맞았나? 갑자기 왜 이래?"

"그냥 지금까지 우리가 살면서 필요한 것을 마음껏 사본 적이 있나 싶어서. 그래서 그러는 것이니까 신경 쓰지 마."

강수는 약간 일그러진 그녀의 얼굴을 손으로 툭툭 치며 말했다.

"아참, 그리고 이 돈은 원래 내가 생각하고 있던 유산이야. 한마디로 지금 너는 내가 줄 유산을 미리 받고 있는 셈이지."

"유, 유산?"

"사람이 앞으로 어떻게 될지 누가 알아? 그러니까 너에게 미리 유산을 남겨놓는 것이지. 내 재산 상황을 네가 정확히 모르니까 네 앞으로 재산을 남기는 거라고. 그렇게 되면 내 재산 일부를 못 찾아도 큰 상관 없을 것 아니야."

"…왜 그런 소리를 해? 오빠, 어디 가?"

강수는 고개를 가로저었다.

"아니, 그런 뜻이 아니야. 이제 나도 꽤나 사업을 크게 벌이고 있다 보니 인생의 무게가 조금은 느껴져. 그래서 너에게 최대한 많이 주려는 것뿐이야. 그러니 사양할 필요 없어. 돈 아까워할 필요도 없고."

"흠……."

그는 지수에게 통장 세 개를 건네며 말했다.

"이건 집과 기타 재산을 뺀 나머지 금액이야. 하나는 뉴욕 시티뱅크, 하나는 스위스 제네바 은행, 또 하나는 한국 농협 계좌야. 각각 25억씩 들어 있으니까 총 75억이군."

"허, 허억!"

통장을 열어본 그녀는 눈이 휘둥그레져 더 이상 말을 이을 수가 없었다.

"태, 태어나서 이렇게 많은 돈은 처음 봐!"

"후후, 나도 처음엔 그랬어. 하지만 그게 네 돈이라는 자각이 생기면 달라질 거야."

"고마워, 오빠! 오빠가 나를 이렇게까지 생각했다니……."

"이 세상에 피를 나눈 사람이 너 말고 또 있냐? 우리는 어차피 친척도 없잖아? 그러니 이 정도는 당연하다고 생각해. 추후에 또 여유가 생긴다면 네게 더 줄 거야."

"하지만 오빠, 이건 너무 과한데……."

"괜찮아. 혹시나 내가 쓰러져서 다른 놈들에게 재산을 빼앗기는 것보다는 낫잖아?"

"뭐, 그건 그렇지만."

이윽고 강수는 그녀를 이끌고 백화점으로 향했다.

"자, 이젠 가구와 옷을 좀 사자. 그 이후에는 차도 한 대 뽑고."

"이야, 내가 태어나서 이런 호사를 다 누려보네."

"큭큭, 고생한 만큼 보상을 받는 것이라고 생각해."

그제야 그녀는 일말의 부담을 털어버린 듯했다.

"좋아, 그럼 오늘 사는 것은 다 오빠가 사주는 거지?"

"물론이지."

"야호! 가자, 오빠!"

가전제품 백화점에서 나온 두 남매는 근방에 있는 종합 잡화 백화점으로 향했다.

*　　　*　　　*

백화점 의류 코너에 들른 강수와 지수는 각종 의류를 모두 다 가리키며 구매 의사를 밝혔다.

"이거, 저거… 다 포장해 주세요. 배달도 되죠?"

"무, 물론입니다. 결제는 어떻게 도와드릴까요?"

강수는 그녀에게 블랙카드를 내밀며 말했다.

"이것으로 해주세요. 결제는 일시불로 해주시고요."

"가, 감사합니다!"

블랙카드는 한도가 없는 신용카드로 강수와 같이 사업을 무궁무진하게 펼치는 재력가에게나 발급되는 카드이다.

한마디로 이 블랙카드 한 장이면 그 사람의 재산 상황이나 능력이 대충 산출되는 셈이다.

의류 매장을 거의 싹쓸이한 강수는 곧장 그녀가 사용하게 될 가구들을 보기로 했다.

그는 흰색 대리석에 물소 가죽으로 된 소파를 가리키며 안내 직원에게 물었다.

"이건 소재가 뭡니까?"

"최고급 대리석에 물소 가죽으로 마감하였고 그 옆 손잡이는 물소 뿔로 만들었습니다. 등받이는 게르마늄이 뿜어져 나오는 옥돌이 들어가 있으며, 그 속에는 안마 기계가 내장되어 있습니다."

"오오, 안마기?"

"허리와 등을 안마 받을 수 있습니다. 일반 안마기와 다른 점은 게르마늄이 흘러나온다는 것과 열 찜질과 냉찜질이 동시에 가능하다는 점입니다."

"소파에 별의별 기능이 다 들어가 있군요."

"요즘과 같은 시기에는 다양한 기능이 없이는 살아남을 수 없습니다. 그래서 가구 회사가 의료 기기 회사를 인수해서 특별히 만든 제품이랍니다."

"좋군요. 얼마입니까?"

"715만 원이군요. 만약 현금으로 하시면 10% 할인됩니다."

"됐습니다. 그냥 카드로 하겠습니다. 나머지 좀 더 고른 후에 함께 계산해도 되지요?"

"물론입니다."

태어나 처음 들어보는 기능을 가진 소파를 고른 강수는 그 이후로도 엄청난 가격의 가구들을 구매했다.

"이건 물침대군요?"

"예, 그렇습니다. 하지만 자체적으로 패드의 모양을 변형시켜 사용자가 마치 공중에 붕 떠 있는 느낌을 줍니다. 실제로 안에는 물이 아니라 특수한 용액이 들어 있습니다. 공기에 노출되면 딱딱하게 굳어서 만약 침대가 터져도 내용물이 세는 일은 없을 겁니다."

"흠, 좋군요. 또 다른 기능은 없습니까?"

"여름에는 공기를 순환시키고 피톤치드를 생성시킵니다. 그리고 이 아래엔 공기청정기와 가습기, 제습기가 내장되어 있습니다. 그래서 잠을 주무시는 내내 쾌적한 환경을 유지시켜 줄 겁니다."

"세상에, 별의별 가구가 다 있군요. 이것으로 하겠습니다."

"감사합니다! 가격은 812만 원 되겠습니다."

"네, 알겠습니다. 그럼 다음 코너로 갑시다."

지금까지 강수가 이곳에서 고른 물건의 가격은 무려 4천만 원이 넘어가고 있었으나, 그는 아직도 뭔가 좀 모자라다는 생각이 들었다.

'최대한 채워야 한다. 그래야 시집을 가도 살림밑천으로 삼지.'

이제 대학에 재입학한 그녀이지만 나이가 나이인 만큼 조만간 남자가 생길 것이다.

강수는 그때를 대비하여 그녀의 기를 살려주려는 것이다.

만약 남자의 집안에서 친정에서 사용하던 물건을 버리고 오라고 한다면 강수가 사용하면 그만이다.

강수는 그런 생각으로 그녀를 최대한 럭셔리하게 꾸미고 있었다.

"사장님, 그럼 욕실 코너로 가실까요?"

"그럽시다."

백화점 직원들에게 극진한 대접을 받으며 쇼핑을 계속한 강수는 무려 1억이 넘는 돈을 이곳에 사용하고 나서야 걸음을 멈추었다.

                    *   *   *

  하루 종일 쇼핑을 즐기고 나서도 강수는 아직 구매 욕구를
멈추지 않고 폭발시켰다.

  강남에 위치한 외제차 매장을 찾은 강수는 지수가 타고 다
니기에 가장 적합하면서도 기능성이 뛰어난 차를 고르고 있
었다.

  "여자들이 타고 다니기에 무리가 없으면서도 잘 나가는 차
가 어떤 겁니까?"

  "주로 도로를 많이 다니시지요?"

  "네, 그렇습니다."

  "만약 온 로드를 많이 다니신다면 이 준중형 스포츠카가
어떠십니까? 비포장도로만 아니라면 동급 최강의 마력과 출
력을 가졌습니다. 그러면서도 편의 기능이 아주 뛰어납니다.
오토크루즈는 물론이고 자동 제어 시스템도 갖추고 있지요."

  "흠, 그래요?"

  강수는 가격표에 1억 8천만 원이라고 쓰여 있는 자동차를
손으로 살며시 두드리며 말했다.

  "지금 주문하면 언제쯤 차를 받을 수 있지요?"

  "대략 2주 후면 고객님께 차를 배달해 드릴 수 있습니다."

  "좋아요. 그럼 이 차를 2주 뒤에 받는 것으로 하고 지금 당

장 계약합시다."

"워런티 플러스는 얼마로 잡아드릴까요?"

"최대한 길게 잡아주십시오."

"그렇게 되면 가격이 추가됩니다만, 괜찮으시겠습니까?"

"괜찮아요."

이윽고 강수는 그에게 신용카드를 건넸다.

"이것으로 긁어주십시오."

"…블랙카드!"

"뭐가 잘못되었습니까?"

"아, 아닙니다! 잠시만 기다려주십시오!"

설마하니 강수가 블랙카드를 꺼내 들 줄은 상상도 못했는지 그는 곧장 점장을 불러왔다.

점장은 강수에게서 받은 카드로 결제하면서 생기는 이익에 대해 설명했다.

"손님, 이 카드로 결제하시면 워런티는 무제한입니다. 차량은 평생 저희들이 관리해 드릴 것이니 걱정하실 필요 없습니다."

"오호, 그래요?"

"카드사와 저희 자사가 제휴를 맺고 있기 때문에 차량도 1주 이내에 배송됩니다. 그러니 오늘 주소를 적어주시면 1주일 이내에 안전하게 배달해드리겠습니다."

"좋군요. 이래서 블랙카드를 쓰라고 한 모양이군."

강수가 지수에게 재산을 물려줄 생각으로 쇼핑한다는 소리를 들은 렉시는 강수에게 블랙카드를 발급 받아 선물했다.

아마도 그녀는 이런 특전을 이용하라는 뜻에서 그에게 블랙카드를 선물한 모양이다.

강수는 그녀가 은근히 속이 깊다고 생각했다.

'이런 센스가 있을 줄은 몰랐군.'

지수의 앞으로 자동차를 계약한 강수는 곧장 이사할 집으로 향했다.

*　　*　　*

다음날, 강수는 청소를 마친 새집에 속속들이 가전제품과 가구들을 들여놓기 시작했다.

위이이이잉!

워낙 많은 양의 물건과 집기를 사들이다 보니 도수 운반으론 도저히 소화가 불가능했다.

백화점은 자신들의 사비를 들여 이삿짐센터를 고용해 물건들을 실어 나르고 있었다.

강수는 그 모습을 바라보며 흐뭇하게 웃었다.

"그래, 이래야 돈을 쓴 보람이 있지."

"정말 이렇게 막 펑펑 써도 괜찮은 거지?"

지수는 어제부터 계속 자신에게 불어 닥친 수혜에 정신을 차리지 못하고 있었다.

하지만 강수에게 있어 이 정도 사치는 그리 호사스러운 것도 아니었다.

그는 지금까지 목숨을 걸어가며 돈을 벌었고, 그 돈으로 하나뿐인 가족을 호강시키는 것은 당연한 일이었다.

강수는 그녀의 어깨를 토닥이며 말했다.

"괜찮아. 너무 갑작스럽게 돈을 쓰니까 그럴 수도 있어. 하지만 이젠 차차 적응해서 네 것은 네가 지킬 수 있도록 해."

"응, 알겠어."

아침부터 시작된 집기 입고가 끝난 후 강수는 곧장 다시 차에 올랐다.

"자, 가자."

"어디를?"

"집을 샀으니 별장도 사야지."

"벼, 별장을?"

"일단 타. 내가 봐둔 곳이 몇 군데 있어."

"알겠어."

그는 자신이 할 수 있는 한 최대한 동생을 위해 투자할 생각이다.

지수에게 있어서 100억이라는 돈은 상상조차 할 수 없을 정도로 거대한 자본금이겠으나, 강수의 입장에서 본다면 그리 큰돈도 아니었다.

때문에 지금 그가 해줄 수 있는 모든 것을 해주려는 것이다.

그는 동생 지수와 함께 충남 서천으로 향했다.

쏴아아아아!

산들산들 바람이 불어오는 서천 북부의 한 호숫가.

이곳에 강수가 말한 별장이 위치해 있다.

그는 호숫가에 위치해 있으며 이곳에서 배를 띄우면 곧장 바다까지 연결되는 집을 구해두었다.

만약 그녀가 머리가 아플 정도로 힘들 때마다 이곳에 온다면 충분한 힐링을 받을 수 있을 것이다.

"우와아아! 이게 다 뭐야! 그림 같아!"

"마음에 들어?"

"응!"

그녀는 강수가 준비한 별장이 상당히 마음에 드는 모양이다.

그는 총 3층으로 된 별장을 안내하기 시작한다.

"뒤뜰에는 제트스키와 소형 어선이 있어. 그리고 지하에는 기름과 비상식량을 비축해 둔 벙커가 있지."

"벙커?"

"세상일은 아무도 모르는 것 아니야? 그래서 지하실을 개조해서 벙커를 만들어 버렸지."

"버, 벙커까지 필요가 있을까?"

"필요가 없어야지. 만약 평생 이 벙커를 사용하지 않는다면 그냥 지하 창고로 사용하면 그만이고."

"으음, 그건 그렇겠네."

지하 벙커의 크기는 대략 30평 남짓이기 때문에 만약 이곳에 식량이나 부식 자재들을 보관한다면 아주 효과적일 것이다.

강수는 이곳이 방공호 역할을 하도록 개조했기 때문에 환기 시설과 냉난방 시스템도 모두 들여놓았다.

게다가 지하수를 정수하여 사용할 수도 있기 때문에 이곳 자체만으로도 충분히 생활이 가능했다.

강수는 그녀에게 이 집의 마스터키를 건넸다.

"이 마스터키가 없으면 곧장 인근 경비업체에서 3분 안에 달려오도록 되어 있어. 그러니 만약 누군가 침입을 했다 싶으면 마스터키를 스캔시키거나 스마트폰으로 스캔시켜. 그럼 곧장 그들이 달려올 거야."

"와아, 무슨 SF영화를 보는 것 같아!"

그는 이 집에 핸드폰 하나로 모든 제어가 가능한 유비쿼터스 시스템을 구축해 두었기 때문에 스마트폰 하나면 굳이 사람이 움직이지 않아도 되었다.

강수는 이 집을 구매하고 시스템을 구축하는 데 무려 20억이라는 돈을 들였고, 그 소유권을 모두 지수에게 이전시켜 놓았다.

"답답하면 이곳으로 내려와 지내도록 해. 별장 관리는 주택관리업체에서 알아서 해주니 걱정할 필요 없고,"

"응! 고마워, 오빠!"

"고맙긴, 오빠가 되어서 이 정도는 해야지."

지금까지 아무것도 해주지 못한 것이 못내 미안하던 강수는 이런 식으로라도 마음의 짐을 내려놓고 싶었다.

물론 앞으로 그녀가 행복해지는 데 이것들이 얼마나 큰 역할을 할지는 알 수 없으나 조금이라도 보탬이 되고 싶은 것이 강수의 마음이다.

이윽고 그는 다시 차를 타고 남쪽으로 향했다.

"가자."

"이, 이번에는 또 어딜 가?"

"글쎄, 가보면 알아."

운전석에 앉은 강수는 경상남도 남해군으로 향했다.

　　　　　　*　　　　*　　　　*

　끼룩끼룩!

　한국의 갈라파고스 군도로 불리는 남해는 수려한 경관과 맑은 물, 시원한 공기로 유명했다.

　여름이면 관광객들이 꽤 많이 몰리긴 하지만 수산자원이 풍부하고 청정 바다를 유지하고 있기 때문에 상당히 쾌적한 환경을 갖추고 있었다.

　강수는 그런 남해군에서도 바다가 한눈에 내려다보이는 산장을 인수하여 최신식으로 개조했다.

　지이이이잉!

　2층 건물에 총 60평으로 이뤄진 산장은 스마트키에 반응하여 알아서 건물 내부의 모든 문을 열고 닫게 되어 있었다.

　또한 그날의 날씨에 맞춰 집안의 온도를 조절하고 곧바로 온수나 냉수를 사용할 수 있도록 내부 시스템을 바꾸었다.

　한마디로 집 자체가 알아서 사람을 맞이할 모든 준비를 한다는 소리였다.

　강수는 산장 주차장에 차를 대어놓고 곧장 1층 거실로 향했다.

　삐비빅!

　―안녕하십니까? 반갑습니다, 주인님.

인공지능 시스템이 강수를 맞아 자동응답기로 인사했다.

그러자 강수는 자동응답기에게 지시 사항을 전달했다.

"목욕물, 그리고 맥주를 마실 수 있도록 음료 테이블을 준비해."

─예, 알겠습니다.

강수의 지시에 따라 집은 목욕물을 데우는 동시에 거실 중앙에 놓인 테이블 한쪽에 있는 음료 냉동기를 가동시켰다.

츠츠츠츠츠.

테이블에 설치된 음료 냉동기는 대략 ─2도의 온도를 제공하는 홈인데, 이곳에 맥주잔을 끼워 넣으면 알아서 맥주를 차갑게 만들어준다.

이러한 시스템은 원래 호프집이나 술집에서 사용하는 것이지만, 강수는 조금 더 윤택한 생활을 영위하기 위해 특별히 주문했다.

덕분에 지수는 한여름에는 시원한 맥주를 마실 수 있고 추운 겨울에는 식지 않는 차를 마실 수 있게 되었다.

강수와 지수는 각각 한 층에 하나씩 위치한 샤워실에서 깔끔하게 목욕을 마친 후 차갑게 냉장된 맥주를 마셨다.

"건배!"

"짠!"

팅!

맥주잔에 가득 담긴 맥주를 한 모금 넘긴 지수가 감탄사를
연발했다.

"크하! 좋다!"

"어때? 꽤 쓸 만하지?"

"쓸 만한 정도가 아니라 아주 예술이야! 오빠, 어떻게 이런
생각을 다 했어?"

"술을 좋아하는 사람이라면 이 정도 상상은 누구나 다 한
다고. 나 역시 술을 좋아하니 당연히 이런 상상을 해봤겠지?"

"큭큭, 역시 우리 오빠야!"

"그걸 이제야 알았냐?"

지수는 자신과 마주한 강수에게 조금은 쑥스러운 듯 말했
다.

"고마워, 오빠. 나는 오빠가 나에게 이렇게까지 애정을 가
지고 있는 줄은 몰랐어."

"짜식! 당연한 것 아니야? 핏줄이라고 해봐야 우리 둘밖에
더 있냐? 오빠가 되어서 이 정도는 당연히 해줘야지. 내가 버
는 돈이 얼만데."

"그렇긴 하지만……."

"내가 죽으면 나를 기억해 줄 사람들이 얼마나 될까? 그리
고 내 장례를 치러주고 무덤을 만들어줄 사람이 누가 있겠어?
안 그래?"

"그건 그렇지."

강수는 동생과 함께 헤쳐 온 세월을 상기하며 말했다.

"우리 둘이 살아온 세월이 얼마나 거칠고 험했냐? 생각을 해봐. 단 하루도 행복하고 즐겁게 산 적이 있어? 그나마 가뭄에 콩 나듯이 찾아온 행복도 찰나에 불과했지. 그런 우리에게는 행복이라는 것을 즐길 수 있는 권리가 있어. 나는 그 권리를 너도 가져야 한다고 생각해."

"오빠……."

그는 오랜만에 아주 진지한 얼굴로 말했다.

"지수야, 이 세상에 우리 둘밖에 없다. 나는 만약 네가 시집을 간다면 부모님 없이 자랐다고 구박 받는 것을 원치 않아. 기왕지사 인생이 한 번 살아가는 것이라면 행복하게 살자고. 알겠어?"

"응, 알겠어! 아무튼 고마워, 오빠!"

"후후, 그래, 앞으로는 쭉 행복할 일만 만들자고."

"알았어! 건배!"

"건배!"

두 남매는 태어나 처음으로 느끼는 풍족한 행복에 미소를 지었다.

*　　　*　　　*

다음날, 강수는 자신이 준비한 모든 유산을 그녀에게 증여하고 그 관리대장을 만들어 건네주었다.

"이건 내가 작성한 네 재산 목록이야. 최소한 한 달에 한 번은 재산이 잘 있는지 확인하고 관리해."

"응, 알겠어."

"특히나 부동산은 주인의 관리가 가장 많이 필요한 것이니까 시간이 남는다면 항상 그곳을 찾아서 손봐주고. 아무리 주택 관리하는 데서 다 알아서 해준다고 해도 주인이 없다면 관리가 허술할 수밖에 없어. 최대한 깐깐하고 철저하게 지적하고 관리해 주란 말이야."

"그렇게 할게."

이제 강수는 자신이 증여하기로 마음먹은 120억을 모두 그녀의 명의로 돌려놓았고 남은 현금은 회사에 묶여 있다.

한마디로 지금 당장은 지수가 강수보다 훨씬 더 부자라는 소리다.

하지만 강수는 그럼에도 불구하고 동생에게 조금이라도 더 나누어주고 싶은 마음이다.

그는 회사의 지분 10%가 증여된다는 양도증서를 그녀에게 건넸다.

"건물을 관리하고 유지하려면 돈이 필요해. 내 회사에서 만들어지는 돈의 일부가 이곳으로 들어가니 만약 필요한 곳이 있다면 이 통장을 이용해. 대신 지분은 절대로 매각해선 안 돼. 알겠지? 무슨 일이 있어도 팔지 마."

"응, 물론이지. 나도 지분이 뭔지는 알아. 오빠네 회사의 일부를 내가 왜 팔아먹겠어?"

"후후, 그럼 됐어. 소중한 것이니까 잘 지녀. 네 생활비라고 할 수도 있으니."

"이야! 이거 참, 생활비를 아껴서 저축을 해도 조만간 집을 살 판이네. 이렇게 많이 받아도 되나 몰라?"

"괜찮아. 그런다고 이 오빠, 안 망한다."

"쿡쿡, 그럼 다행이고."

그녀에게 재산 목록을 건넨 강수는 마지막으로 부모님의 묘소가 있는 정선으로 향했다.

강수가 부모님을 모신 산소는 전부 가족묘가 있는 납골당으로 이장시켜 두었다.

때문에 굳이 강수나 지수가 관리를 할 필요가 없었다.

납골당 내부의 최고급 빈소.

강수는 이곳에 부모님을 모시고 최대한 화려하게 장식했다.

두 남매는 부모님의 영정 앞에 절을 올렸다.

"아버지, 저희들 왔어요. 잘 계셨죠?"

"아빠, 오빠가 재산을 물려줬어요. 이거 보여요?"

지수는 아버지의 영정 앞에 재산 목록을 올리면서 벅차오르는 가슴을 주체하지 못했다.

"…아빠, 오빠가 성공했어요. 크게 성공했다고요. 만약 살아 계셨다면 아주 기뻐하셨을 텐데."

"……."

강수는 자신이 아무리 돈을 많이 벌어도 시간을 되돌릴 수 없다는 것이 너무나 안타까웠다.

재화가 차고 넘쳐 왕후장상 부럽지 않게 살아간다고 해도 부모님의 얼굴은 다시는 볼 수 없다.

그저 영전에 절을 올리는 것만이 그분들을 영접할 수 있는 유일한 길이 되어버린 것이다.

그는 투지 가득한 눈으로 아버지의 영정을 바라보았다.

'아버지, 제가 반드시 아버지의 복수를 하겠습니다. 조금만 기다리세요.'

억울하게 죽어간 아버지의 누명, 강수는 그것을 갚기 위해 오늘도 내일도 노력할 것이다.

제7장
독은 독으로 다스려야 한다

루한스 그룹의 인수합병 이후 북동그룹은 일시적으로 자금난에 휘말리게 되었다.

　그로 인하여 강수가 한강일보그룹을 인수하는 데 필요하던 시선 집중이 알아서 착착 진행되고 있었다.

　이른 아침, 강수는 이석재와 함께 한강일보 그룹의 인수합병 계약을 체결했다.

　그룹을 넘겨받는 조건으로는 이석재에게 현금 200억 상당을 지불하고 회사가 가지고 있던 부채 일체를 강수가 끌어안는 것이었다.

이로써 강수는 1천억 대의 부채를 새로 떠안게 되었으나, 이것은 루한스 그룹을 인수하면서 얻은 자금으로 충분히 무마시킬 수 있었다.

하지만 문제는 지금부터 북동그룹이 직접적으로 그 세력을 움직이게 되었다는 것이다.

서울 한강빌딩에서 이뤄진 계약은 조석을 함께 겸하는 자리였는데, 이석재는 앞으로 일어날 일에 대해 이렇게 예견했다.

"아마도 고스트들이 루한스 그룹의 배후를 캐기 위해 미친 듯이 달려들 거요. 당신의 임무는 그들을 차례대로 쳐내는 것이지. 만약 그것에 실패한다면 나까지 위험해진다오."

"잘 알고 있다. 내가 무너지는 일은 절대로 없을 터이니 너무 걱정할 필요 없다."

"그렇다면 다행이고."

"아무튼 우리의 인연은 이제 여기까지군."

이석재는 강수가 건넨 자금과 증서들을 챙기곤 이내 자리에서 일어서며 악수를 건넸다.

"반가웠소. 당신의 말대로 앞으론 볼 일 없었으면 좋겠군."

"이하 동문이다."

만약 이 두 사람이 다시 만나는 일은 생각하기조차 싫은 상황이 벌어졌거나 이석재가 고스트에 의해 살해당했을 때일 것이다.

그러니 앞으로 두 사람이 만나는 일은 절대로 있어선 안 되었다.

"잘 가라. 그리고 다시는 이 세계에 발을 들이지 마."

"물론이오. 잘사시오."

이윽고 이석재는 자신 앞으로 된 무기명채권과 부동산 증서 등을 챙겨 한강빌딩을 나섰다.

다음날, 강수는 한강일보 그룹을 인수한 것을 전국에 공표하고 KS그룹 휘하에 한강일보를 병합시켰다.

한강일보는 언론사를 비롯하여 방송사, 인터넷 포털사이트, 잡지 회사, 출판사에 이르는 광범위한 사업영역을 가지고 있었다.

강수는 이 모든 것을 KS그룹에 합병시키고 그 이름을 KS루한스 그룹이라고 지었다.

이제 한국은 물론이고 대외적으로 엄청난 영향력을 가진 KS루한스 그룹이 본격적으로 그 행보를 시작하게 된 것이다.

대대적인 취임식도 갖지 않은 강수는 한강일보를 대대적으로 개선시키고 고스트의 끄나풀을 찾아 하나하나 제거하기로 했다.

벤챠민이 자신이 입수한 명단을 강수에게 건네며 말했다.

"최대한 조용히 처리하시는 것이 중요합니다. 지금 저들이 대대적인 움직임을 준비하고 있으니 그 끄나풀을 티 나게 제거하면 오히려 자극만 될 겁니다."

"알겠습니다."

강수는 한강일보 그룹에서 계열사 사장을 역임하던 임원 둘과 이사직에 재직하고 있는 현직 이사 네 명의 명단을 받았다.

그 휘하의 부하들 역시 이곳에 잠입해 있겠으나, 그들을 일일이 솎아낼 수 있는 방법은 거의 없을 터였다.

하지만 벤챠민은 그 불가능한 일이 강수이기에 넘을 수 있다고 확신했다.

"끄나풀을 완벽히 제거해야 합니다. 그렇지 않으면 회충들이 덕지덕지 붙은 고기를 먹는 것과 같아요. 잘못하면 우리가 죽습니다."

"알고 있습니다. 끈질긴 회충 같은 새끼들, 아주 다 쓸어버리겠습니다."

"그래요. 당신이라면 충분히 해낼 수 있을 것이라 생각합니다."

이윽고 벤챠민은 강수에게 흰색 봉투를 하나 건넸다.

"이게 뭡니까?"

"별것은 아니고, 인수합병에 성공하셨으니 축하해 드려야 할 것 같아서 준비했습니다."

그가 건넨 것은 서울 외곽에 위치해 있는 대형 사설 동물원의 명의 이전 서류였다.

"명선동물원?"

"동물원에 식물원까지 갖춘 사설 공원입니다. 자금 부족으로 폐업에 몰린 것을 제가 그것을 인수해서 관리하고 있습니다."

강수는 고개를 갸웃거렸다.

"이것을 저에게 주시는 이유가 궁금하군요."

"위장이 필요한 순간이 있을 겁니다. 그때를 대비해서 가지고 계십시오."

벤챠민은 추가로 두 장의 서류를 더 강수에게 건넸다.

"하나는 경비업체, 하나는 정보통신업체입니다. 아마 이것들만 있어도 내사를 하는 데 그리 큰 어려움이 없을 겁니다."

"아아, 이런 용도로……."

그가 강수에게 건넨 두 개의 회사는 전부 명선동물원에 합병되어 그 휘하의 비공식 계열사로 존재하고 있었다.

만약 강수가 이곳에 히트맨들을 투입시키게 되면 아주 좋은 위장 전술이 될 터였다.

벤챠민은 강수에게 거듭 기밀을 요함을 강조했다.

"최대한 조용히 움직이셔야 합니다. 아셨죠?"

"예, 알겠습니다."

"그럼 무운을 빌겠습니다."

이윽고 자취를 감춰 버린 벤챠민이다. 강수는 곧장 중국으로 향했다.

*　　　*　　　*

중국 고비산맥에 대기하고 있던 다니엘과 엘레나 등은 강수가 건넨 서류를 바라보며 고개를 갸웃거린다.

"이게 뭡니까?"

"위장전술에 필요한 회사들이다. 우리는 이곳에 히트맨과 살수 등을 투입시켜 한강일보 그룹에 잠입해 있는 프락치들을 솎아낼 것이다. 할 수 있겠나?"

다니엘은 강수가 건넨 두 개의 업체를 바라보며 이내 고개를 끄덕였다.

"물론입니다. 잠입에 프락치 검거는 저희들에게 식은 죽 먹기지요. 평생 해온 일이 바로 그것인데 말입니다."

"그래, 그렇다면 다행이군. 부디 소음 없이 일을 마무리할 수 있도록 해라."

"예, 보스."

다니엘은 강수에게서 서류를 받아 들고 이내 자신의 부하들에게 임무를 하달할 준비에 들어갔다.

곧이어 강수는 엘레나와 네르샤에게도 지령을 내렸다.

"너희 둘은 한 사람을 쫓는 데 주력한다."

"사람을 찾아내라고?"

"그렇다. 이 사람, 이 사람을 찾아내라."

강수가 그들에게 건넨 것은 북동그룹 양희진의 사진이었다.

엘레나와 네르샤는 그녀의 사진을 받아 들고는 이내 양쪽 미간을 찌푸리기 시작했다.

"뭐야, 이 더럽게 생긴 여자는?"

"북동그룹 총괄이다. 듣기론 최근 자신에게 반항하는 세력을 숙청하느라 바쁘다고 하더군."

"흠, 그래? 그러니까, 이 여자가 네가 찾는 그 고스트헤드일 가능성이 높다는 것이군."

"거의 확실하다. 하지만 그 뒷배가 더 있을 가능성도 있고."

"재미있는 년이군. 잡으면 죽일까, 살릴까?"

"반쯤 죽여도 상관은 없지만 잡아오는 것은 아직 시기상조다. 우리가 기업력으로 놈들을 찍어 누를 때까진 안 돼."

"…아쉽군. 오랜만에 실험체를 하나 건지나 했더니 아주

말짱 도루묵이군."

강수는 그녀의 악취미에 고개를 가로저었다.

"쯧, 그 괴기스러운 실험을 아직도 진행하고 있나? 지독한 여자군."

"후후, 그래도 이 괴기스러운 실험 덕분에 우리 종족이 여태까지 버틸 수 있었다. 내가 없었다면 우리도 없어."

"…잘났군."

엘레나는 그녀의 사진을 받아 들고 조금 다른 의견을 낸다.

"그녀를 평생 감시할 수 있도록 스토커를 붙여놓는 것은 어때요?"

"스토커?"

"네르샤가 사용하는 마법 중에는 사람을 지독하게 따라다니는 지박령 비스무리한 스토커가 있잖아요? 그것을 이용해서 그녀의 일거수일투족을 감시하는 것이죠."

강수는 그녀의 대안에 무릎을 쳤다.

"그래, 그거다! 네르샤, 할 수 있겠나?"

"그년을 잡아다 족칠 수 있다면 가능하다. 스토커라는 것이 원래 심장에 마정석을 심어놓아야 죽을 때까지 따라다니거든."

"그렇다면 그녀를 감시하기 위해선 그녀를 납치하는 수밖에 없다는 뜻인가?"

"뭐, 말하자면 그렇다."

"좋아, 그렇다면 그녀를 아주 잠깐 납치하는 것을 허가한다."

"…그래, 올바른 선택이다. 후후후."

강수는 그녀가 또 어떤 돌발행동을 할지 몰라 걱정되었다. 하지만 지금 이 순간 그녀보다 더 나은 적임자는 없을 것이다.

＊　　　＊　　　＊

벌러톤호 방죽을 따라 땅거미가 지고 있다.

이젠 제법 봄이 완연해 있는 날씨였으나, 벌러톤호에는 아직도 녹지 않은 눈이 꽤 쌓여 있었다.

뽀드득뽀드득.

양희진은 그 눈을 밟으며 아버지 양휘철 부부와 동행하고 있다.

양휘철은 양희진에게 지금까지 일어난 일에 대해 차근차근 설명해 주었다.

"25년 전, 내가 북동그룹과 고스트를 일구기 위해 한창 몸을 바친 시절이 있었다. 그때 나는 우리의 세력을 넓히기 위해 닥치는 대로 사람을 죽였어. 당시 고스트는 지금처럼 막강

한 세력을 구축하지 못했지. 기껏해야 동대문 뒷골목에서나 알아주는 건달들이었다고나 할까?"

"그런데 어떻게 지금의 이 모습을 갖추게 된 겁니까?"

"일본 시우미자회라는 조직이 있어. 시우지마회는 일본 전역에 사채를 돌리고 있는 악명 높은 조직이었단다. 나는 그 조직에 혈혈단신으로 쳐들어가 보스를 죽이고 조직을 단숨에 장악해 버렸지."

양희진은 고개를 갸웃거렸다.

"아버지는 분명 야쿠자에게 당해서 돌아가셨다고……."

"후후, 누가 그러더냐? 네 숙부께서 그러시든?"

"네."

그는 이를 바득바득 갈며 말을 이었다.

"나는 일본 시우지마회를 흡수한 후 그곳에서 나온 재화를 바탕으로 빠르게 세력을 확장했어. 그리고 결국 그 세력이 한국과 중국에까지 미치게 되었다. 내가 조직을 흡수한 후 2년 만에 동남아와 러시아까지 진출하게 된 거지. 그곳에 돌아다니는 마약의 절반은 내가 공급했을 정도니까."

양휘철의 말에 따르자면 그는 일본 야쿠자 계에서 꽤나 악명이 높았을 것이다.

그런데 야쿠자에게 당해 이 지경이 되었다니, 보통 큰 반란이 일어나지 않으면 불가능한 일이었다.

그는 떠올리기에도 괴로운 그때의 일을 천천히 곱씹었다.

"나는 중국에 진출하고 난 후 그 자금을 끌어들여 한국에 땅을 샀어. 그리고 북동그룹의 돈을 끌어다 로비를 했지. 강남에 있는 땅덩어리, 그중 일부는 우리가 사고판 땅이야."

"아아, 그래서 그렇게 막대한 자금이……!"

"그래, 그렇단다. 관공서를 옆구리에 끼면 못할 것이 없어. 해서 나는 그때부터 본격적으로 관공서와 접촉을 시도했어. 그리곤 국회의원들까지 접선하여 로비를 할 수 있는 기회를 만들어냈어."

"그런데 왜 아버지가 이 꼴을 당하신 겁니까? 당시의 아버지라면 조직의 중추 세력이었을 텐데요."

"…네 숙부의 야망 때문이었어."

그는 자신의 옆구리에 나 있는 상처를 드러내며 말했다.

"거대한 작전을 앞두고 국회의원 유상엽과 접촉하던 바로 그때, 숙부의 사람들이 우리를 습격해서 모두 칼로 찔러 죽였어. 그리고 난 후엔 나까지 아주 골로 보내 버리려 하더군. 하지만 나는 극적으로 살아났지. 그때 병원으로 찾아온 형님이 그러더군. 곧 제국이 세워질 텐데 손에 더러운 것을 묻힌 내가 있어선 안 된다고 말이야."

"……."

"나는 미처 몰랐지만 내가 소개시켜 준 국회의원들과 끝도 없이 밀회를 가진 그는 마침내 안기부 사람들과 어울릴 수 있는 기회를 얻었더군. 그로 인해 얻은 힘으로 감히 상상조차 할 수 없는 조직력을 갖게 된 거야. 그리고 그 조직력을 모두 다 얻고 나니 나 같은 눈엣가시는 해치우고 싶었던 것이지.”

“…그렇다면 야쿠자들의 손에 돌아가셨다는 것은 뭡니까?”

“야쿠자로 위장한 녀석들에게 당한 거야. 아마 슈테판이 봤을 때엔 야쿠자들이 나에게 칼침을 놓을 것으로 보였겠지. 하지만 일본 야쿠자 계에서 나의 입지는 칼을 맞아 죽을 것이 아니었어.”

“한마디로 숙청을 당하신 것이군요.”

“그래, 숙청을 당했어. 하지만 나는 하반신 불구가 되었음에도 불구하고 살아남았다. 네 숙부가 원치 않는 자비를 베풀었기 때문이지.”

“…철저히 밟아버린 것이군요. 하지만 나는 왜 이렇게 멀쩡히 살아 있는 것이죠?”

그는 아내 김충희를 바라보며 말을 이었다.

“네 엄마를… 그가 사랑했기 때문이지. 네 엄마와 너는 너무나도 많이 닮아 있어. 젊어서부터 네 엄마를 짝사랑한 네 숙부는 질투심 때문에 나를 이렇게 만들어 버린 거야.”

“말도 안 되는 소리.”

"말이 되는지 안 되는지는 그의 집안에 가득한 네 어머니의 사진첩을 찾아보면 알 수 있겠지."

"……."

양희진은 지금까지 자신에게 있어 아버지이고 하늘이던 양만철의 만행을 도저히 받아들일 수가 없었다.

양휘철은 그런 그녀에게 현실을 직시하라고 직언했다.

"이제 너와 내가 접선했다는 것은 어느 정도 알려진 사실이 되었을 거야. 슈테판과 네가 접선한 순간, 그의 끄나풀이 눈치를 챘을 테니까."

"…내가 그놈들을 다 잡아 죽이면 그만입니다."

"아니, 그렇게 간단한 문제가 아니야. 양만철은 자신의 목적을 위해서라면 무엇이든 물불을 가리지 않는 사람이다. 또 무슨 함정을 파놓았을지 아무도 몰라."

양휘철은 그녀에게 오래된 손목시계 하나를 건넨다.

"이것을 가지고 일본 시우지마 그룹을 찾아가거라. 그곳의 회장은 나의 심복이었으니 흔쾌히 너를 도와줄 것이다."

"이 사람을 찾아가서 뭘 어쩌란 말입니까?"

"멀리 도망가. 최대한 멀리 도망가서 조용히 살아. 그것이 너와 우리, 세 사람이 사는 길이야."

"……."

양희진은 양휘철의 어깨를 두 손으로 잡아 흔들며 외쳤다.

"분하지도 않으십니까? 두 다리를 잃고 딸과 생이별을 한 채로 살아온 세월이 억울하지도 않아요?"

"…분하단다. 하지만 더 이상의 유혈사태는 막아야 하지 않겠니?"

그녀는 고개를 가로저었다.

"아니, 아닙니다. 나는 반드시 놈을 처단하고 말 겁니다. 꼭, 꼭……"

"……"

양휘철은 그런 딸의 손을 꼭 잡아주었다.

"그렇게 복수가 하고 싶니?"

"…물론입니다. 나는 은혜는 몰라도 원수는 백배로 갚아야 직성이 풀립니다. 나는 그런 사람으로 자라났어요."

"미안하구나."

"아니요. 이건 내가 자처한 악귀의 길이에요. 아버지와 엄마가 나를 이렇게 만든 것은 아니죠."

양휘철은 복수를 굳게 다짐하는 그녀에게 말했다.

"좋아, 그렇다면 놈에게 복수할 수 있는 방법에 대해 알려주마."

"그게 뭡니까?"

그는 양회진에게 금고 열쇠를 하나 건넸다.

"내가 한국은행 금고에 맡겨놓은 비자금 증서들이야. 이것만 전부 다 공개해도 양만철은 크게 휘청거릴 것이야. 만약 복수를 하겠다면 그때 해."

"…알겠어요. 그때를 노려서 놈을 한 방에 제압하겠어요."

양휘철은 그녀에게 열쇠를 건넨 후 곧장 고개를 푹 숙였다.

"미안하구나. 아비가 되어서 이렇게밖에 할 수 없다니 말이야."

"아니에요. 이 모든 것은 숙부의 야망 때문이 아닙니까? 내가 할 수 있는 일이라면 무엇이든 해야죠."

그녀는 불안한 눈으로 자신을 바라보고 있는 김충희에게 다가가 그녀를 살며시 안았다.

"엄마, 너무 걱정하지 말아요. 모두 잘될 겁니다."

"…가지 마라, 아가야. 그냥 여기서 엄마랑 아빠랑 같이 살아. 괜히 복수 같은 것으로 자신 스스로를 망가뜨리지 마."

"괜찮아요. 그럴 일 없으니까."

이윽고 그녀는 두 사람에게 핸드폰과 토지증서를 한 부 건넸다.

"핸드폰은 대포폰이라 추적이 불가능하고 토지는 방공호를 갖춘 안전가옥이에요. 캐나다에 위치해 있으니 원할 때 움직여주세요."

"희진아."

"마음 굳게 먹으세요. 우리 가족이 모두 다 살 수 있는 길은 이것뿐이에요."

"…그래, 알겠다. 그렇게 하마."

말을 맺은 그녀는 평소와 같은 모습으로 차갑게 돌아섰다.

"그럼 저 갈게요. 연락은 제가 먼저 할 테니 두 분은 가만히 계세요. 아셨죠?"

"그래, 딸아."

이윽고 그녀는 자신이 끌고 온 자동차를 타고 동네를 떠났다.

*　　*　　*

이른 아침, 양만철은 식전부터 양희진을 찾았다.

"총괄이사를 데리고 와라."

"죄송합니다, 회장님. 지금 아가씨는 집에 계시지 않습니다."

순간 양만철의 눈동자에 서서히 날이 서기 시작했다.

"…뭐가 어째?"

"지금 아가씨는 집에 계시지 않습니다. 유럽 출장으로 인해 집을 비운 것으로 압니다."

"유럽 출장이라……"

"만약 급한 용무가 있으시다면 회사에 면담 요청을 해보시지요."

그는 고개를 가로저었다.

"아니다. 난 그냥 내 조카가 집에 들어오지 않아 걱정되어 물어본 것뿐이다."

"예, 알겠습니다."

이윽고 그의 앞에 간단한 아침 식사가 차려졌다.

끼릭, 끼릭.

하지만 그는 자신의 앞에 놓인 음식엔 별로 관심이 없는 모습이다.

"유럽이라……."

"회장님?"

새롭게 비서실장으로 내정된 연미진은 걱정스러운 얼굴로 양만철을 바라보았다. 하지만 그는 여전히 표정을 바꾸지 않은 채 같은 얼굴로 일관했다.

그러다 문득 그는 자리를 박차고 일어나 그녀의 방으로 향했다.

쾅!

"회, 회장님, 아가씨도 계시지 않은데……."

"시끄럽다! 내가 내 조카의 방에 들어간다는데 뭐가 문제인가?"

"하지만 그래도……."

그는 미친 듯이 조카 양희진의 방 이곳저곳을 뒤적거리기 시작했다.

쿵! 쾅! 쨍그랑!

그 탓에 집기는 전부 다 깨져 방은 온통 난장판으로 변해 버렸고, 옷가지는 다 구겨져 형태를 알아볼 수 없게 되었다.

마치 도둑이라도 든 것 같은 방 안, 그는 무려 30분 동안이나 방을 뒤진 후에야 이상 행동을 멈췄다.

"허억, 허억!"

"회, 회장님?"

"…치워라. 방을 깔끔하게 치우고 다시 물건을 채워 넣어라. 지금 있는 이 물건들은 다 버려."

"그렇지만……."

"내 말이 들리지 않느냐!"

곤란한 표정의 비서실장, 그런 그녀를 구원해 주는 손길이 불현듯 등장했다.

"…지금 이게 뭐 하는 짓입니까?"

"회, 희진이?"

"아무리 숙부님이라고 해도 제 방을 이렇게 초토화시키는 일은 별로 달갑지 않습니다만?"

화를 내야 할 사람은 희진이건만 오히려 그녀의 따귀를 올려붙이는 양만철이다.

짜악!

"지금까지 뭘 하다가 이제 들어오는 것이냐! 내가 그렇게
도 우습더냐!"

"……."

"앙? 말을 하면 대답을 해야지! 내가 우스워?"

양희진은 그의 눈동자를 똑바로 쳐다보며 답했다.

"남자를 만났습니다."

"뭐, 뭐라?"

"저도 이젠 나이가 차서 남자를 만났습니다. 그게 뭐 그리
대수로운 일이라고 그러십니까?"

"……."

"아주 잘생기고 키도 큰 미남을 만나 밤을 보냈습니다. 서
른이 훌쩍 넘은 제가 그런 사치도 못 누린단 말입니까?"

"그, 그런데 이, 이……!"

남자와의 외박이라는 소리에 이성을 잃어버린 양만철은
갑자기 주방으로 달려가더니 주방용 가위를 들고 나왔다.

철컥, 철컥!

"회, 회장님?"

"……."

"이리 와! 오늘 아주 머리를 다 깎아버려 다시는 밖에 나갈
수 없도록 해줘야겠다! 이리 와!"

"회장님, 고정하십시오! 아가씨, 아가씨도 어서 잘못을 빌어요!"

"…싫어."

"아, 아가씨?"

그녀는 자신의 핸드폰과 지갑, 차키를 챙겨 방을 나섰다.

"당분간 저를 찾지 말았으면 합니다. 그럼."

"이리 오지 못해! 아주 요절을 내버리겠어!"

"……"

이내 사라져 버린 그녀를 바라보며 양만철은 분노에 찬 괴성을 터뜨렸다.

"크아아아아악!"

비서실장 연미진은 이제 더 이상 자신이 어찌할 수가 없다는 것을 직감했다.

인터폰을 잡은 그는 경호원과 주치의를 호출했다.

"…또 시작입니다. 올라오세요."

─네, 알겠습니다.

이윽고 전화기를 내려놓은 연미진은 깊은 한숨을 내쉬었다.

"후우, 언제쯤 저 광기가 누그러지려는지……."

오늘도 그녀는 두 질숙의 뒤치다꺼리를 하느라 정신이 없었다.

＊　　　＊　　　＊

딸랑!

"어서 오세요!"

편의점 문을 열고 들어선 네르샤는 아르바이트생에게 만 원짜리 지폐 한 장을 건네며 말했다.

"담배 한 갑 줘. 잔돈은 가지고."

"네, 네?"

"못 들었어? 담배 한 갑 주고 잔돈은 당신 가지라고."

"아, 알겠습니다."

삐빅!

손님이 시키는 대로 담배의 바코드를 찍은 그녀는 조금 얼떨떨한 표정으로 네르샤를 바라보았다.

"여, 여기……."

"고맙군."

담배를 손으로 툭툭 치며 주변을 둘러보던 네르샤가 아르바이트생에게 불쑥 물었다.

"그나저나 이 동네 출근 시간은 언제쯤 되지?"

"출근 시간이요?"

"아무리 부잣집 동네라고 해도 분명 일터로 향하는 시간은 있을 것 아니야."

"그렇긴 하죠."

"그 시간이 언제쯤 되는지 물어보는 거야."

"여덟 시에서 아홉 시 사이에 가장 많이 움직이죠. 그전에 움직이는 사람은 간간이 있어도 그 이후에 움직이는 사람은 별로 없고요."

"흠, 그래?"

아마 그녀는 이 주변의 동태에 대해 가장 잘 아는 사람 중 한 명일 것이다.

편의점 아르바이트라는 것이 상당히 정적이고도 지루한 것이기 때문에 때론 딴청을 부리거나 주변 환경에 신경 쓰게 되는 경우가 많다.

또한 아무리 부자라고 해도 스스로 담배 한 갑, 물 한 통 정도는 살 수 있기 때문에 그녀와 얼굴을 마주치지 않은 사람은 드물 것이다.

네르샤는 이 근방에 위치한 양만철의 자택 주변을 탐문하는 첫 번째 과정으로 편의점 탐색을 먼저 실시한 것이다.

그녀는 아르바이트생에게 양희진의 얼굴이 담긴 증명사진을 건네며 말했다.

"그렇다면 이 사람이 출근하는 모습도 본 적 있나?"

"으음. 이렇게 봐선 잘 모르겠는데……."

"잘 생각해 봐. 아마 이 근방에서 가장 잘사는 사람 중 하나일걸?"

"이 동네에서도 가장 잘산다면……."

가만히 생각에 잠겨 있던 그녀가 무릎을 쳤다.

"아하! 알겠다!"

"기억이 나나?"

"사람들이 양 이사라고 부르던데요? 어떤 그룹의 총괄이사라는 것 같기도 하고."

"그래, 맞아. 바로 그 사람이다."

아르바이트생은 생각보다 그녀와 꽤 친숙한 모양이다.

"가끔 위스키나 와인을 사러 와요. 이 근방에 은근히 편의점 위스키를 찾는 사람이 많은데 그녀는 꽤나 단골이라고 할 수 있죠."

"편의점에서 위스키라……."

"요즘 대형마트가 24시간 영업을 못하니까 어쩔 수 없이 이곳으로 몰리는 거죠. 심지어 몇 천 원 비싸도 새벽에 술을 구할 데가 없으니까요."

"그건 그렇겠군. 더군다나 이 동네 사람들은 돈이 마빡에 튀어 붙으니 몇 천 원, 몇 만 원쯤은 신경 쓰지 않을 것이고."

"뭐, 그런 셈이죠."

"그래?"

네르샤는 아르바이트생에게 사장의 전화번호를 물었다.

"사장 연락처 좀 알려줘."

"네?"

"이 점포의 점장이나 사장 있을 것 아니야? 그 사람 번호 좀 알려달라고."

"그, 그건 왜……."

"나도 편의점 좀 차리게."

"네, 네?"

"아무튼 번호 좀 줘."

"아, 알겠어요."

그녀가 네르샤에게 사장의 번호를 전해주자 네르샤는 그것을 잘 갈무리하여 편의점을 나섰다.

＊　　　　＊　　　　＊

늦은 오후, 다짜고짜 자신을 찾아와 편의점을 인수하겠다는 네르샤를 바라보며 편의점 사장 이성준은 연신 고개를 갸웃거린다.

"무슨 편의점을 차리는 데 프리미엄으로 3천이나 투자해요? 혹시 사기꾼 아니에요?"

"내가 뜨신 밥 먹고 장난이나 칠 사람으로 보이나?"

네르샤는 점포 권리금과 매매금으로 2억을 제시했다. 그리고 그것으로도 모자라 3천만 원이나 더 얹어준다고 말했다.

이성준은 모든 인수 자금을 선뜻 현금으로 지급한다는 그녀의 말을 도저히 믿을 수가 없었다.

하지만 어차피 자신도 이쯤에서 편의점을 접고 다른 직종을 알아보려던 참이기 때문에 3천만 원이라는 프리미엄은 생각보다 더 달콤한 유혹이었다.

그러나 한 가지 걸리는 것이 있다면 그녀가 돈을 너무 가볍게 여긴다는 것이다.

"…정말 사기꾼 아니죠?"

"그렇게 못 믿겠으면 고문변호사 불러다 줄 수도 있어."

"고문변호사요?"

"우리 회사에 고문변호사가 몇 있어. 그중에 한 명을 지금 불러줄 수도 있다고."

"흠……."

여전히 고개를 갸웃거리는 이성준을 바라보던 네르샤가 이내 전화를 걸었다.

"네르샤다. 이곳으로 좀 와주었으면 좋겠군."

짧게 통화를 마친 그녀가 이성준에게 손가락 다섯 개를 내밀었다.

"딱 5분이다. 그 안에 도착할 거야."

"네, 알겠어요."

잠시 후, 그녀의 말대로 정말 말끔한 복장에 변호사 자격증까지 갖춘 사람이 떡하니 나타났다.

"이사님, 부르셨습니까?"

"잘 왔어. 이 사람이 편의점을 계약하자고 제안하니 내가 사기꾼인 것 같다고 버티는군."

"그렇군요."

이윽고 변호사는 그에게 국가에서 발급한 변호사 자격증과 신분증을 보여주며 말했다.

"저는 변호사 이정민입니다. KS루한스 그룹 고문변호사이고, 최근에는 로펌 KDV에 있었습니다."

"그, 그렇군요."

"이 계약에 대한 공증은 제가 서겠습니다. 만약 계약으로 인해 법적인 피해를 입는다면 제가 모두 변상하겠습니다. 이 정도면 되었죠?"

"아, 예."

그는 이성준에게 녹음기를 하나 건넨다.

"여기에 제가 한 말이 다 녹음되어 있습니다. 제 이름과 변호사 신분증을 보셨으니 혹시나 저희들이 사기를 쳤다 싶으면 경찰서에 고소하십시오."

"그, 그럴 리가 있겠습니까?"

"그럴 리가 없죠. 하지만 못 믿으시니 제가 온 것 아닙니까?"

"그렇군요."

KS루한스 그룹이면 한국에서도 모르는 사람이 없을 정도로 유명한 외국 계열 투자회사이다.

그제야 이성준은 이 계약이 잘못될 리가 없다고 생각했다.

'기왕이면 돈을 좀 더 세게 부를걸.'

이럴 줄 알았으면 콩고물이라도 더 받아냈으면 좋겠다며 속으로 아쉬워하는 그에게 이정민은 시원하게 등을 긁어주는 소리를 했다.

"제가 개인적으로 천만 원을 더 송금할 테니 이 계약에 대한 일은 절대 비밀에 붙여주십시오. 아시겠습니까?"

"네? 그게 무슨……."

"이런 개인적인 계약은 그룹과 무관하다는 겁니다. 그러니 비밀 보장을 좀 해달라고 부탁드리는 겁니다."

"아, 아, 여부가 있겠습니까?"

이윽고 이정민은 그에게 무기명채권 한 장을 건네고 돌아섰다.

"채권은 사용할 줄 아시죠? 그냥 은행에 가서서 현금으로 바꿔달라고 하시면 됩니다."

"아, 네."

"그럼 저는 이만."

이정민이 돌아서자 네르샤는 다시 그에게 말을 건넸다.

"자, 그럼 우리는 다시 계약을 진행해 볼까?"

"네."

이로써 네르샤는 잠입에 사용할 목적이긴 하나 첫 사업에 손을 대게 되었다.

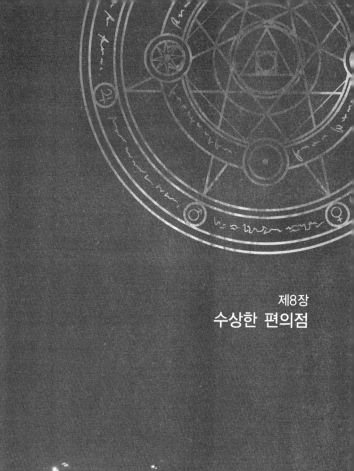

제8장
수상한 편의점

이른 아침, 강남 헤르온 펠리스 맞은편에 위치한 편의점으로 한 대의 오토바이가 거친 굉음을 내뿜으며 달려왔다.

부아아아아앙!

편의점 아르바이트생 민주는 편의점 앞에 오토바이를 주차하는 여성을 바라보며 안색을 구겼다.

"에잇, 저기에 주차하면 안 되는데……."

그 즉시 바깥으로 나선 그녀는 매끈한 몸매와 그 굴곡이 고스란히 드러나는 육감적인 여성에게 다가가 말했다.

"저기요! 여기에 주차하시면 안 돼요! 이따가 물건도 받아야 하고 사람들이 여기서 밥도 먹는단 말이에요!"

"아아, 그런가? 그럼 오토바이는 어디에 세워두면 되지?"

"그걸 내가 어떻게 알아요? 당신이 알아서 할 일이죠."

"그래? 하지만 내가 보기엔 그건 아닌 것 같은데……."

"뭐라고요?"

황당하다는 표정으로 그녀를 바라보는 민주, 하지만 헬멧을 벗은 그녀는 조금 더 황당한 소리를 해댔다.

"나도 앞으로 이곳으로 가끔 출근할 건데 오토바이를 세워두지 못하면 어쩌라는 거야?"

"…뭐, 뭐가 어째요?"

그녀가 민주에게 등기부등본을 내밀었다.

"앞으로 이 점포는 내가 운영하기로 했어. 바로 어제 네 사장과 얘기를 끝냈지."

"네, 네?"

민주는 도저히 믿을 수 없다는 표정으로 등기부등본을 바라보았다.

"마, 말도 안 돼! 이게 무슨 황당한 경우야?"

"말이 안 되긴 뭐가 안 돼? 내가 정당하게 돈을 주고 인수한 점포인데."

"……."

"아무튼 자세한 내용은 들어가서 얘기하도록 하지. 그나저나 오토바이는 어디에 세워놓으면 되나?"

조금 넋이 나간 표정의 민주를 바라보며 그녀가 짧게 호통치듯 말했다.

"어이, 뭐 하는 거야? 오토바이를 어디에 놓으면 되냐니까!"

"아아, 죄송해요. 일단 이 앞으로 대략 3미터까진 편의점 땅이라고 했으니까 저쪽 ATM 기기 옆에 붙여놓으면 되겠네요. 원래는 잡동사니를 쌓아두는 곳이지만 어쩔 수 없죠."

"그래? 알겠어."

그녀는 아무렇지도 않다는 듯 오토바이를 ATM 기기 옆에 붙여놓은 후 편의점 안으로 들어갔다.

아침나절 동안 브라질에서 왔다는 남미 여자 가브리엘에게 사정 얘기를 전해 들었다.

그녀는 자신이 이곳을 갑작스럽게 인수하게 되었으며, 앞으로 월급과 운영비 등은 회사에서 지급하겠다고 말했다.

가브리엘이 말하길, KS루한스 그룹에서 일하는 자신이 이곳을 인수하게 되어 부득이하게 월급을 그쪽에서 지급하게 되었다고 했다.

조금 반신반의하긴 했지만 그룹 고문변호사라는 사람이 신분증을 들고 찾아와 무난히 인수했다는 말에 믿지 않을 수가 없었다.

그녀는 임금을 삭감하지 않고 지속적으로 변동 폭을 조정한다는 조건 하에 시급 6천 원에 근로계약서를 작성했다.

원래 그녀는 시급 4,500원에 하루 열두 시간을 일했는데 갑자기 월급이 올라간다니 얼떨떨했다.

그러나 생각보다 가브리엘은 깐깐하지 않고 유연한 사람이었다.

"사장님, 재고가 좀 남는데요? 반품할까요?"

"못 먹는 거야?"

"아니요. 그런 것은 아니고 이제 곧 먹지 못할 것 같아서요. 반품을 한다면 충분히 받아줄 거예요."

"됐어. 귀찮게 무슨 반품이야."

그녀는 편의점에서 팔다가 남은 샌드위치와 치즈케이크를 한 뭉텅이 꺼내더니 그것을 상자에 담아 민주에게 건넸다.

"자네가 가져가."

"네, 네?"

"자취한다면서? 집에 동생도 있고. 그럼 먹을 것이 부족할 것 아니야? 집에 가서 먹어. 어차피 버릴 바엔 자네가 가져가서 처리하는 게 낫지."

"그, 그렇지만 충분히 반품할 수 있는데…….."

"괜찮아. 어차피 내 돈 나가는 것도 아니고. 가져가."

"고, 고맙습니다."

"별말씀을."

지금까지 편의점 아르바이트를 무려 4년이나 해온 민주는 이 직종이 얼마나 더럽고 치사한 것인지 잘 알고 있었다.

깐깐한 사장 같은 경우엔 유통기한이 얼마 남지 않은 물건들에 바코드를 바꾸어 다는가 하면 재고가 남는 것을 월급으로 대신 주는 경우도 있었다.

별의별 더러운 일이 다 있는 이 편의점 아르바이트생에게 가브리엘 같은 사람은 상당히 보기 드문 괴짜이면서도 고마운 사람이었다.

월급을 올려준 것으로도 모자라 자신에게 유통기한이 아직 하루나 남은 음식을 기꺼이 준다는 것, 이 직종에선 거의 있을 수 없는 일이었다.

'이름만 가브리엘이 아니라 마음씨도 곱네. 하는 짓이 좀 괴팍해서 그렇지.'

하루 종일 창밖만 쳐다보다가 혼자 뭐라고 중얼거리며 지내는 그녀가 정상은 아니라고 생각하던 민주다.

하지만 정상이 아니든 정상이든 이제 그런 것은 중요한 일이 아니었다.

'잘해야지. 앞으로 계속 이 편의점에 남아 있으려면…….'

그녀는 오늘 굳게 각오를 다졌다.

＊　　＊　　＊

　잠복 나흘째. 네르샤는 여전히 편의점을 찾지 않는 양희진을 기다리다 지칠 지경이다.

　"이년, 도대체 어디를 그렇게 쏘다니는 거야? 이러다간 말라 죽기 딱 좋겠어."

　그녀는 양희진에게 스토커를 붙이기 위해 편의점까지 인수했지만 정작 코빼기도 비추지 않았다.

　이쯤 되면 작전을 바꾸어야 하는 것이 아닌가 싶었지만, 최대한 자연스럽게 다수의 스토커를 붙일 방법은 그리 많지 않았다.

　잠입으로 스토커를 붙이는 것도 한두 번이지 매일같이 침입하게 되면 반드시 그 흔적이 남을 것이다.

　얕고 잦은 만남, 네르샤는 그런 방법을 물색하다가 결국 편의점까지 인수한 것이다.

　"떡밥이라도 뿌려야 하나?"

　먼 산을 바라보며 방법을 강구하던 그녀의 눈에 거슬리는 광경이 들어왔다.

　촤락, 슥삭슥삭!

　"저게 지금 뭐 하는 거야? 왜 아까부터 계속 창문을 닦아?"

그녀는 시키지도 않았는데 하루 종일 창문을 닦고 물건을 정리하는 민주를 바라보며 이해할 수 없다는 듯이 중얼거렸다.

"거참, 쓸모없이 자꾸 움직이기만 하는 인간이군. 왜 저렇게 자진해서 에너지를 소모하는 거지?"

네르샤는 밤마다 홀로 점포를 지키며 먹잇감을 노리고 있었는데, 아침이면 민주가 나타나 부산을 떨어대는 바람에 정신이 하나도 없었다.

결국 그녀는 창문을 닦는 그녀에게 다가가 말했다.

"어이, 그만 좀 움직이지?"

"네?"

"그렇게 창문을 닦으면 유리가 다이아몬드 되나? 적당히 하고 들어와."

"하지만 이렇게 하루에 한 번씩 닦아줘야 안이 잘 보이니까요."

"안 그래도 충분히 잘 보여. 그러니 앞에서 얼쩡거리지 말고 안으로 들어와."

"네, 알겠습니다."

그제야 네르샤의 말대로 편의점 안으로 들어온 그녀는 이번에도 쉬지 않고 재고를 파악하고 먼지를 닦아댔다.

슥삭슥삭.

네르샤는 쉬지 않고 움직이는 그녀를 도무지 이해할 수 없었다.

"어이, 민주라고 했나?"

"네, 사장님."

"자네는 왜 자꾸 쉬지 않고 움직이기는 건가? 부산스럽게 움직이는 것이 취미야?"

"아니요. 그런 것은 아닌데요?"

"그런데 왜 자꾸 움직여?"

"원래 편의점 아르바이트는 이렇게 자꾸 움직여야 하는데요."

"어째서?"

"으음, 그래야 점포에 먼지가 덜 앉으니까요."

"저번 사장이 그렇게 하라고 시켰나?"

"대부분의 사장들이 그렇죠."

네르샤는 자신의 정서적 건강을 위해 그녀에게 업무의 절삭을 지시했다.

"좋아, 그렇다면 이렇게 하지. 딱 하루에 한 번, 그 이상은 아예 움직이지 마. 재고를 받을 때, 출근 청소, 그 이후엔 움직이지 마. 아예 손 하나 까딱하지 말라고."

"네, 네? 왜……."

"정신 사나워. 난 조용한 것이 좋아. 그러니 제발 가만히 좀 있어. 알겠나?"

"네, 사장님."

이렇게 딱 못 박고 나니 한결 마음이 가벼워지는 네르샤다.

"흐음, 이제야 좀 조용히 살 수 있겠군."

이제 그녀는 계속해서 먹잇감을 찾아 창문 밖을 주시하기 시작했다.

*　　　*　　　*

사장 교체 일주일째. 민주는 생활에 여유가 생겨 아르바이트하는 내내 학교에서 못한 공부를 하고 독서도 즐길 수 있게 되었다.

가브리엘은 민주가 돌아다니지만 않으면 그녀가 독서를 하던 공부를 하던 게임을 하던 상관하지 않았다.

아니, 오히려 아무것도 하지 않고 주급만 꼬박꼬박 받아가는 것이 미안할 지경이다.

민주는 야간대학을 다니며 동생까지 건사하는 자신의 처지를 불쌍히 여긴 가브리엘이 특별히 신경을 써주는 것이라고 생각했다.

물론 그녀의 속마음이야 어찌 되었건 이것은 어디까지나 민주 본인의 생각이다.

원체 무뚝뚝한 그녀이기에 도대체 무슨 생각을 하고 있는지는 알 수 없었다.

"······."

오늘도 창밖만 바라보고 있던 가브리엘에게 민주가 물었다.

"저, 사장님."

"뭔가?"

"사장님은 왜 이곳을 인수하셨나요? KS루한스 그룹이면 대기업 아닌가요? 그곳의 이사라는 분이 왜 하필이면 이런 편의점을 운영하시는지 궁금하네요."

"그게 그렇게 궁금한가?"

"네."

"나도 사정이라는 것이 있다. 그러니 그 일에 대해선 더 이상 묻지 말았으면 하는군."

"아, 네."

가끔 보면 꽤 자상한 것 같기도 하다가 어쩔 때는 너무 쌀쌀맞아서 어떤 모습이 진짜인지 헷갈리게 되는 민주다.

하지만 중요한 것은 그녀가 민주에게 아주 좋은 사장이라는 것이다.

'그래, 여기 온 목적이 뭐가 중요해? 내가 이곳에서 일하기 좋다는 것이 중요하지.'

그녀는 오늘도 나머지 공부를 할 수 있다는 생각에 행복하기만 했다.

늦은 오후, 이제 슬슬 퇴근 시간이 가까워져 오는 민주다.

하지만 오늘따라 움직이기도 귀찮고 학교에서 공부하는 것도 그다지 썩 내키지 않았다.

'움직이기가 싫은데……'

만약 할 수 있다면 그냥 여기 앉아서 핸드폰 TV나 보면서 빈둥거리고 싶었다.

그러나 편의점 아르바이트는 엄연히 정해진 시간이 있기 때문에 시간이 다 되면 즉시 퇴근해야 한다.

'후우, 별수 없지.'

이제 더 이상 버틸 수 없다고 생각한 그녀가 자리에서 일어서려고 할 때 마지막 손님이 들어왔다.

딸랑!

"어서 오세요!"

"헤네시 한 병 줘요."

"아, 헤네시오? 잠시만요."

헤네시는 꽤나 고급 주류이기 때문에 가품을 진열해 놓고 진품은 안에 두고 손님에게 판매했다.

요즘은 편의점에 도둑이 많아서 이런 고급 주류는 함부로 진열해 놓는 경우가 상당히 드물었다.

오늘도 역시 편의점 카운터를 뒤적거리는 그녀에게 문득 가브리엘의 목소리가 들려왔다.

"여기 있어."

"사장님?"

"앞으로 브랜디는 나에게 찾아."

"네, 네?"

"브랜디는 내가 관리한다고. 그러니까 브랜디를 산다고 하는 사람이 나타나면 나를 찾으라고. 그게 밤이든 낮이든 상관없이."

"아, 알겠어요."

그리곤 가만히 서서 손님을 빤히 쳐다보는 가브리엘. 민주는 속으로 고개를 갸웃거렸다.

'왜 저러는 거지? 사장님과 아는 사이인가?

움직이는 것을 싫어해서 아르바이트생까지 붙박이로 박아 놓은 사람이 어째서 사서 일을 하려는 것일까?

도저히 유추할 수 없는 민주다.

*   *   *

잠복 보름이 지나서야 그녀와 접촉하게 된 네르샤는 생각보다 일이 쉽게 풀려감을 느꼈다.

예상치도 않게 술을 좋아하는 그녀 덕분에 스토커를 직접 붙여놓을 수 있게 된 것이다.

스각스각.

검은색 올챙이처럼 생긴 스토커는 그녀가 술을 마실 때마다 몸속으로 들어가 심장에 자리를 잡게 된다.

그렇게 되면 조금씩 그녀의 몸속에 스토커가 자리를 잡아 일거수일수족을 모두 감시할 수 있게 되는 것이다.

네르샤는 스토커로 하여금 오늘 그녀에게 무슨 일이 있었는지 알아보았다.

스각스각.

그녀는 스토커의 꼬리를 자신의 뇌에 가져다 대었고, 그 즉시 스토커의 뇌파가 그녀에게 전달되었다.

슈가가가각!

"크윽!"

스토커는 극암의 생명체이기 때문에 살아 있는 인간과 접촉하게 되면 약간의 고통을 수반하게 된다.

때문에 스토커를 붙이고 소환하는 일은 생각보다 쉽지 않았다.

하나 흑마법으로는 거의 대마도사에 오른 그녀에게 이 정도 작업은 별것도 아니었다.

끼잉!

그녀의 뇌리에 오늘 그녀에게 있던 일이 주마등처럼 스쳐 지나간다.

아침에 일어나 샤워를 하고, 밥을 먹고, 출근을 하고, 회사로 들어가 업무를 보고…….

보통의 비즈니스맨들이 그러하듯 그녀 역시 별반 다를 것 없는 생활을 하고 있었다.

'그냥 별 볼일 없는 년이군. 생활이 참 단조로워.'

이윽고 그녀의 기억에 저녁이 닿을 때쯤, 네르샤는 조금 더 정신을 집중했다.

주마등처럼 스치는 그의 기억에 상당히 깊은 분노와 좌절이 공존하고 있었다.

―또 반항이냐!

―숙부님, 저도 이젠 어른입니다! 숙부님의 말씀에 절대 복종하는 그런 아이가 아니란 말입니다!

―뭐라? 그게 지금 평생을 키워주고 후계자로 올려준 삼촌에게 할 소리냐!

그녀는 매일 밤마다 숙부 양만철과 다툼을 벌이고 있었고, 그 다툼은 어쩐지 가벼운 의견 차이 때문에 벌어진 것이 아닌 것 같았다.

'뭐야? 도대체 왜 저러는 거지?

스토커에 담긴 것은 그 당시의 상황과 그에 따른 감정밖에 알 수 없기 때문에 정확히 무슨 일이 벌어졌는지는 알 수 없었다.

다만 그녀는 이번 다툼이 그리 간단하고 심플한 것이 아니라는 것만 확신했다.

'그래, 뭔가 있어.'

그녀는 의외의 수확을 올렸음에 쾌재를 불렀다.

*   *   *

사장 교체 20일째. 민주는 가브리엘에게 한 장의 초대장을 받았다.

"이게 뭐예요?"

"우리 회장이라는 놈이 여는 저녁 식사 초대권이야."

"저녁 식사요?"

"호텔 뷔페라고 했던가? 아무튼 동생과 함께 가면 좋을 거야. 먹을 것도 많고 술도 주고."

"하, 하지만 이건 분명 VIP를 위한 초대장인데요? 저 같은 사람이 갈 수 있어요?"

가브리엘은 그녀를 바라보며 고개를 갸웃거렸다.

"뭐? 너 같은 사람이 어떤 사람인데?"

"가난한 야간대학생에다 편의점 아르바이트생으로 굴러먹는 사람인지라……."

그녀는 민주를 바라보며 실소를 흘렸다.

"사람이면 다 같은 사람이지 누군 태어날 때부터 금붙이 붙이고 태어났나?"

"그, 그렇긴 하지만……."

그녀는 민주에게 자신이 따르는 회장에 대해 설명했다.

"우리 회장이 꽤나 싸가지 없고 제멋대로인 놈은 분명하지만 그렇게 사람을 돈으로 구분 짓거나 무시하는 쓰레기는 아니야."

"아아……."

"그건 나 역시 마찬가지고. 사람이라면 다 같은 사람이지 나 같은 사람이 왜 나와? 네 그런 생각 때문에 네 가치가 떨어지는 거다. 명심해라."

"고, 고마워요, 사장님."

"아무튼 초대장을 건네고 내 이름을 대면 된다."

"네, 감사합니다."

민주는 이게 도대체 무슨 횡재인가 싶었지만, 한편으론 호텔 뷔페가 상당히 불편할 것 같기도 했다.

그러나 지금이 아니면 언제 이런 음식들을 먹어보나 싶기도 해서 단박에 초대에 응하기로 한다.

'좋았어! 배가 터지도록 먹고 와야지!'

그녀는 당장 동생에게 전화를 걸고 강남 KS빌딩으로 향했다.

강남 KS빌딩 앞.

KS루한스 그룹의 발족을 축하하는 VIP 저녁 만찬이 열렸다.

오늘 파티에는 정, 재계 인사들이 대거 참여하기 때문에 입구에는 꽤 많은 취재진이 몰려 있었다.

찰칵찰칵!

플래시세례가 터지는 가운데 KS루한스 그룹의 회장 강수가 모습을 드러냈다.

기자들이 그에게 마이크를 가져다 대며 물었다.

"회장님, 지금까지 발족식을 갖지 않다가 지금 갖는 이유는 무엇입니까!"

"앞으로의 각오를 한마디만 해주시죠!"

그런 그들을 뒤로한 채 민주는 VIP 초대장을 들고 호텔로 진입하려 했다.

그러자 경호원들이 그녀를 가로막았다.

"여기는 VIP 전용입니다. 초대를 받은 사람만 들어갈 수 있습니다."

"여기 초대장……."

"가브리엘 이사님이라……. 이사님께서 당신들과 친하다고요?"

"친한 것이 아니라 우리 사장님이신데……."

"거참, 말이 되는 소리를 하세요. 당신들과 같은 사람들이 무슨 이사씩이나 되는 사람과 친해요? 당신들, 무전취식 아닙니까?"

"네, 네? 그건……."

"어, 언니, 어쩌지? 우리 경찰서 가는 거 아니야?"

"…무서워."

분명 가브리엘이라고 말하면 무사통과할 것이라고 한 사장의 말만 믿고 이곳까지 두 동생을 데리고 온 민주는 난감하지 그지없다는 표정을 지었다.

바로 그때, 강수의 고개가 세 남매를 향해 다가갔다.

"뭡니까?"

"회, 회장님!"

"무슨 일인데 사람을 가로막아요?"

"이분께서 가브리엘 이사님의 VIP 초대권을 저희들에게 내밀면서 안으로 들어가겠다고 하기에 잡았습니다."

강수는 초대장을 건네받아 그 내용을 읽어보고는 실소를 흘리며 말했다.

"이봐요, 경호원 양반."

"예, 예?"

"당신, 우리 그룹 사람 아니죠?"

"그렇습니다만……."

"그래요. 우리 그룹 사람이 아니니 이런 실수를 했겠지요."

"시, 실수요?"

"네르, 아니, 가브리엘은 아무에게나 VIP 초대권을 주는 여자가 아닙니다. 위조? 복사? 이런 것은 아예 꿈도 못 꿔요. 잘못하면 죽거든요."

"……."

"알겠습니까? 최소한 남의 돈 받아먹으려면 VIP 신원쯤은 파악해 놓으란 말입니다. 뭐 이런 사람들이 다 있어?"

혀를 차는 그에게 상무보 제이크가 달려왔다.

"보스, 무슨 일이십니까?"

"어이, 제이크, 우리가 언제부터 이렇게 외주로 사람을 돌렸어?"

"죄송합니다. 다른 인원들이 말씀하신 프로젝트에 돌입해서 말입니다."

"그래? 아무리 그래도 그렇지."

"무슨 언짢은 일이라도……."

"이 사람이 가브리엘의 손님들을 문전박대하지 뭐야."

순간 제이크는 아연질색하며 경호원을 나무랐다.

"이, 이 사람이 미쳤나? 당신, 누구야! 어디서 온 누구야!"

"저, 저희는 외주 경호원으로 들어온 사람들인데……."

"이런 젠장! 외주면 이렇게 일을 막 해도 되는 건가? 앙?"

"죄, 죄송합니다!"

"죄송하다고 끝날 일이야, 이게? VIP를 문전박대하다니!"

"정말 죄송합니다!"

강수는 민주와 동생들을 가리키며 말했다.

"이 사람들에게 사과하세요."

"죄송합니다!"

"아, 아니, 저희들은 그저……."

그제야 강수는 민주에게 자초지종을 물었다.

"가브리엘과는 어떤 관계죠?"

"편의점 아르바이트생과 사장님……."

"아아, 그 편의점 직원 말씀이시군요?"

"저, 저를 아시나요?"

"우리 그룹에서 당신을 모르는 사람도 있을까요? 당신이 얼마나 중요한 사람인데."

"그, 그게 무슨……."

"아무튼 들어갑시다. 오늘 언짢았다면 너그럽게 용서하시고."

"아, 아니에요! 무슨 그런 말씀을……."

"하하! 용서해 주신다면 고맙고요. 일단 가서 뭐라도 좀 먹읍시다. 나도 참 배가 고프네요."

이윽고 강수는 세 남매를 데리고 빌딩 안으로 들어갔다.

*　　　*　　　*

강수는 호텔 뷔페에서 먹을 수 있는 음식 말고도 킹크랩, 로브스터, 크레이피시 등 고급 음식들을 추가로 주문했다.

이곳은 KS루한스 그룹이 소유하고 있는 호텔에서 파견된 요리사들이 대기하고 있기 때문에 원한다면 강수의 입맛에 맞게 요리를 주문할 수도 있었다.

민주는 강수가 주문한 음식들을 앞에 놓고는 몸 둘 바를 몰라 했다.

"이, 이게 다 뭔가요? 너무 호화스러워서……."

"동생들이 아직 어려서 시켰습니다. 어릴 때 많이 못 먹으면 좋지 않거든요."

"아저씨, 감사합니다!"

"하하, 그래, 많이 먹어라."

"네!"

그는 네르샤에게 민주에 대한 얘기를 대충 전해 들었기 때문에 그 사정을 잘 알고 있었다.

그래서 그녀에게 난감한 일이 생겼을 때 단박에 알아보았던 것이다.

하지만 강수가 그녀에게 이렇게 잘해주는 데는 또 다른 이유가 있었다.

"이봐요, 정민주 씨."

"네?"

"혹시 우리 그룹에 취직해 볼 생각 없어요?"

"취, 취직이요?"

"그 편의점을 우리 그룹이 인수해서 1호점을 오픈할 것이거든요. 뭐, 추가 오픈이 있을지는 알 수 없지만 편의점을 책임지고 관리할 사람이 필요한 것은 사실이에요."

"그럼……."

"점장으로 스카우트하는 겁니다. 추후에 편의점이 잘 되면 본사로 끌어올려 드릴 것이고요."

"저, 정말이요?"

"제가 뭣 하러 거짓말을 하겠습니까? 취직하신다면 당신은 물론이고 동생들 학비까지 지원하겠습니다. 집과 차도 지원해 드릴 것이고요."

세상에 이렇게 엄청난 복리후생을 지원하는 회사가 또 있을까?

그녀는 단박에 강수의 요청을 수락했다.

"감사합니다! 열심히 하겠습니다!"

"하하, 별말씀을요. 당신을 스카우트하는 것은 다 이유가 있어서예요."

"이유요?"

"듣자 하니 네르샤를 귀찮게 할 정도로 성실하다면서요?"

"그건……."

"굳이 시키지 않아도 움직이는 것, 그게 바로 성실입니다. 당신은 그것만으로도 충분히 메리트가 있는 인재입니다. 그러니 자긍심을 가져요."

"네, 회장님!"

강수는 그녀를 천거하면서 한 가지 조건을 내걸었다.

"다만 당신을 천거하면서 한 가지 당부를 하겠습니다. 앞으로 당신은 아르바이트생을 뽑거나 사람을 고용하게 될 겁니다. 그때 절대로 갑질을 하거나 횡포를 부리지 마십시오. 인간답게 행동하는 것, 그게 우리 회사 직원이 되는 첫 번째 조건입니다."

"무, 물론이죠!"

"그럼 되었습니다. 일단 오늘은 실컷 먹고 내일 아침에는 회사로 출근하세요. 취직 절차도 밟아야 하고 연봉도 협상해야죠. 할 일이 많을 겁니다."

"네!"

이 취업난을 뚫고 뽑힌 그녀야 운이 좋겠다고 생각하겠지만 강수에겐 이 또한 실험이었다.

'네르샤에게도 이런 면이 있었다니 의외로군.'

사실 강수는 그녀가 초대장을 주었다는 소리를 들었을 때 무척이나 놀랐었다.

그녀가 누군가에게 친절을 베풀 만한 사람이던가?

물론 그녀가 민주로 인해 양희진에게 접근할 수 있던 것은 사실이지만 그건 어디까지나 네르샤 스스로의 공이다.

그럼에도 불구하고 그녀를 도왔다는 것은 네르샤에게도 인간미가 생겼다는 뜻이다.

'참으로 오래 살고 볼 일이군.'

오랜만에 기분이 홀가분해진 강수였다.

제9장
집안 사정

　북동그룹 회장실 앞, 열 명의 경영진이 결재 서류를 들고
서 있다.

　똑똑!

　"회장님, 결재를 해주실 서류가 많습니다."

　"……."

　"회장님?"

　"…놓고 가게."

　"하지만 직접 보고드릴 사안들이 꽤 있는지라……."

　"놓고 가라면 놓고 가세. 지금은 얼굴 비치기 좀 힘들다네."

"예, 그럼."

수뇌부는 비서실장에게 결재 서류를 맡긴 후 회장실을 나섰다.

북동그룹 부회장이자 호서정유의 사장 강철혁은 벌써 한 달째 칩거하고 있는 회장의 동태가 심각하다고 생각했다.

"무슨 일이지? 지금까지 단 한 번도 흔들린 적이 없던 양반인데 말이야."

"그러게 말입니다. 혹시 회장님께 뭔가 문제가 생긴 것은 아닐까요?"

"문제?"

강남증권 대표이사 채중식의 의문 제기에 강철혁이 걸음을 멈추었다.

"문제라……."

"아마도 집안에 뭔가 큰 문제가 있는 게 아닌가 싶습니다. 이를테면 양휘철 회장의 사망과 같은 사안 말입니다."

"흠……."

회사의 중추적인 인물이던 양휘철이 사라졌을 때 양만철은 거의 일주일이 넘도록 식음을 전폐하고 장례식에만 매달렸다.

그리고 이 주일 동안 그 어떤 사람도 만나지 않고 오로지 집무실에 처박혀 칩거에 들어갔다.

아마 이번 칩거 역시 그러한 문제가 발생한 것이 아닌가 싶은 수뇌부들이다.

하지만 워낙 철두철미한 철혈대제 양만철이기 때문에 과연 그 문제가 어떤 것인지는 상상도 되지 않았다.

하지만 강철혁은 오히려 양만철의 건제함에 대한 의문을 제기했다.

"혹시 건강에 문제가 생긴 것은 아닐까?"

"그렇다는 것은……."

"회장님께선 자기관리가 아주 칼 같은 분이지만 술과 담배를 즐겨하시지 않나? 그것도 30년 가까이 말이야."

"하긴 그것도 말이 되는군요."

대부분이 그의 의견에 무게를 실어주었으나 채중식은 강철혁과 다른 생각을 하고 있는 것 같았다.

"하지만 말입니다. 요즘 양희진 총괄이사가 회의에 잘 나타나지 않고 있습니다. 더군다나 결재 권한도 꽤나 축소되었고요. 그런 것으로 미뤄보았을 때 양희진 총괄이사와 회장님의 사이가 멀어져 그런 것이 아닌가 싶습니다."

"이를테면?"

"반대하는 결혼이라든지, 계열사 통합과 같은 사안 말입니다. 총괄이사는 출자 구조 단순화를 꾀하고 있습니다만, 회장님께선 그것을 달가워하지 않으십니다. 이직까지 부회장 자질을 의심하고 있는 것이지요."

"으음, 그건 그렇지."

"그룹의 출자 구조를 단순화하는 것이 결국 무엇을 상징하는 것입니까? 후계 구도 단일화입니다. 그것은 즉 회장님 자리를 그녀가 위협하고 있다는 뜻이지요. 솔직히 이 세상의 그 어떤 회장이 자신의 경영권을 넘보는 후계자를 좋아하겠습니까?"

"하긴 그렇군. 아직 명예직으로 물러나기엔 회장님의 나이가 좀 젊기는 하지."

"만약 그게 아니라면 정말 집안 문제로 두 사람이 갈라섰든지……."

"후후, 만약 지금 이 상황이 후자에 의한 것이라면 정말 웃기겠군. 남자 때문에 갈라진 후계 구도라……."

"뭐, 우리에겐 잘된 일이지요."

현재 북동그룹을 휘어잡고 있는 권력의 중심에는 언제나 양희진이 서 있었다.

그로 인하여 지금 북동그룹의 오너진은 자신들이 가져야 할 권력의 절반가량을 잃어버린 상황이다.

양희진이 경영에 참여하지 않았을 때만 해도 그럭저럭 수익의 배분이 원활하게 이뤄졌다면 지금은 그 중간에 그녀가 끼어버려 이도저도 아닌 상황이 된 것이다.

하지만 그렇다고 그녀에게 반기를 들었다간 꼼짝없이 변사체가 되어버릴 테니 그들의 입장에선 딱히 이의 제기를 할수도 없는 상황이었다.

그러나 만약 저 두 사람의 사이가 멀어진다면 어떻게 될까?

답은 '쥐구멍에 볕들다' 이다.

"후후, 오래 살다 보니 이런 기회가 다 오는군."

"아직 확실하지는 않습니다. 정말 저 두 사람의 사이가 좋지 않은지는 알 수가 없지요."

"하지만 지금 두 사람이 경영에 직접적으로 참여하지 못하고 있는 것은 사실이지. 특히나 양희진 총괄이사의 경우는 더더욱 그렇고 말이야."

"흠……."

"만약 할 수 있다면 지금이 기회다. 지금이 아니면 우리는 영원히 양희진의 밑이나 닦다 생을 마감하게 될 거야. 그래도 좋은가?"

"…미치지 않고서야 그게 좋을 리 없잖습니까?"

"그래, 모든 사람의 생각이 그러하다. 만약 모든 사람의 생각이 그러하다면 어떻게 해야겠나?"

"대의를… 세워야겠지요."

"후후, 역시 구력은 괜히 생기는 것이 아니지. 자네들도 나와 같은 생각을 하고 있었군."

"우리라고 다르겠습니까? 부회장님이나 우리나 똑같은 인간인걸요."

강철혁은 열 명의 경영진 의견을 하나로 통일시켰다.

"우리의 목표는 단 하나일세. 회장도 아니고 부회장도 아니고 우리 본연의 이익을 다시 되찾아오는 것일세."

"반정이 아닌 혁명, 이것이야말로 진정한 대의 아니겠습니까?"

"물론이지."

이제 이들은 날개가 반쯤 꺾여 버린 양희진을 압박하기로 했다.

*　　　*　　　*

늦은 오후, 양희진은 한국은행 본사를 찾았다.

이곳은 한국 재정의 중심이며 모든 기업의 심장을 움켜쥔 경제의 대동맥이라고 할 수 있다.

양희진은 그런 한국은행 금고가 있는 지하 15층으로 향했다.

딩동!

80년대 중반, 한국은행은 기업가들에게 자신의 역량을 마음껏 펼칠 수 있도록 일부 특혜를 주었다.

그중에는 국가 차원의 자금 융통과 부동산 매입, 세금의 절삭 등이 있었다.

그리고 또 하나, 한국은행의 보안을 사사롭게 이용할 수 있도록 배려한 것이다.

양희진의 친부 양휘철은 일본과 러시아 등지에서 외화를 벌어들인다는 명목 하에 지금의 북동그룹을 세운 자금을 변통했다.

또한 그룹에 이득이 되는 땅을 국가적 차원에서 임대하고 그 위에 건물을 올린 후 자금을 상환하여 아주 싼값에 토지를 매입했다.

이러한 특혜 말고도 그는 국가에서 비밀리에 금고 하나를 하사 받았다.

이 금고에 대한 것은 회장 양만철도 모르고 있으며, 심지어 대부분의 기업가도 서로가 금고를 가지고 있다는 것을 모르고 있었다.

국가는 이들에게 금고를 하사하면서 극도의 비밀을 요구했고, 금고를 나누어줄 때에도 절대 서로가 마주치지 않도록 층과 층을 나누고 층이 겹쳐도 두께 10미터의 콘크리트로 만든 벽을 대치시켰다.

그로 인해 지금까지 내한민국의 총수들은 금고에 대한 특혜가 자신에게만 쥐어졌다고 생각하게 되었다.

하지만 여기서 하나의 의문점이 발생하게 되는데, 왜 하필이면 자신에게만 이런 특혜가 주어졌을까 하는 것이다.

그러나 이것은 생각보다 단순한 전제하에 풀리게 된다.

국가가 이들에게 금고를 나누어주면서 비밀 입찰에 대한 얘기를 꺼내 들었기 때문이다.

각 개인에게 별도로 입찰에 대한 정보를 쥐어주고 그 입찰에서 혼자 당첨되었다는 전제를 깔았다.

만약 여기서 자신만 입을 다물면 그는 국가에서 지원하는 무적의 금고를 갖게 되는 셈이다.

이렇게 되면 정보가 샐 리도 없고 그 어떤 누구도 금고가 존재하는지 알 수도 없게 되는 것이다.

양휘철은 이런 방식으로 국가에서 지하 15층의 금고를 하사 받았고, 그 주인을 다음대로 넘겼다.

철컹!

"다 왔습니다. 내리시죠."

양희진은 한국은행 이제철 상무이사에게 아버지의 유품이라며 열쇠를 보여주었고, 그는 즉시 스마트키로 그것을 전환시켜 주었다.

그리고 그녀에게 지하 15층에서도 가장 첫 번째 방을 안내해 주었다.

양희진은 조금 긴장된 표정으로 15층 금고를 찾았다.

"여기가 바로……."

"한국은행 비밀 금고입니다. 자세한 사정은 부친께 전해 들으셨겠지요?"

"아니요. 그냥 비밀 금고가 있다는 것만……."

"그렇군요. 들어가시기 전에 한 가지만 약속해 주십시오. 이 금고에 대한 것은 오로지 본인만 알고 계셔야 합니다. 아시겠죠?"

"물론입니다."

"개인에게 국가의 사사로운 증여가 있었다는 것은 또 하나의 스캔들입니다. 더군다나 이곳은 북동그룹의 심장이 들어 있다고 할 수 있습니다. 아마 이 시설이 외부로 드러나는 것은 본인 스스로도 원치 않으시겠지요."

"당연한 일입니다. 저는 죽을 때까지 이 비밀을 안고 갈 겁니다."

"좋습니다. 그럼 금고를 개방하시고 좋은 시간 보내십시오. 만약 볼일이 끝나시면 전용 엘리베이터를 타고 다시 VIP 룸으로 돌아오십시오. 그럼 이만……."

이제철 상무가 나가자 양희진은 온통 단단한 강철로 이뤄진 금고 앞에 스마트키를 가져다 댔다.

삐비비빅!

그러자 굳게 닫혀 있던 금고의 문이 열리면서 원래 만들어졌던 콘크리트 벽이 모습을 드러낸다.

철컹!

그녀는 콘크리트 벽 중앙에 달려 있는 손잡이를 왼쪽으로 돌려 문을 열었다.

끼릭끼릭, 쿵!

엄청난 무게감이 느껴지는 문을 열고 금고 안으로 들어가자, 대략 40평쯤 되는 금고의 광경이 그녀의 앞에 펼쳐졌다.

우우우웅!

금고 안은 온도를 사용자의 마음대로 조정할 수 있도록 해두었는데, 양휘철은 이 방의 온도를 상당히 차갑게 해두었다.

"으으, 좀 으스스하군."

한껏 옷깃을 여민 그녀는 은색 금고들을 향해 다가가 그 문을 차례대로 열어보았다.

끼이익!

금고 안에 들어 있는 작은 금고의 숫자는 대략 500여 개, 그중에는 냉장고 비슷한 역할을 하는 금고도 있었다.

그녀는 손이 가는 대로 처음 금고를 열고 그 안에서 일본 정부에서 발급한 환매조건부채권과 무기명채권들을 발견했다.

"백억 엔이라……. 도대체 이 많은 돈을 언제 챙겨두신 거지? 회사 초반에는 자금이 많이 필요했을 텐데."

당시의 환율이나 경제 규모를 생각하면 백억 엔은 지금 대략 두 배에서 세 배가량 상승된 가치를 지닌다.

이 환매조건부채권의 기한은 무기한이며, 무기명채권의 기한은 2005년으로 환산되어 계산되도록 적혀 있다.

한마디로 환매조건부채권이나 무기명채권은 비자금을 조성하기에 딱 맞는 조건을 갖추고 있는 셈이다.

"또 하나의 안배인가?"

그녀는 채권을 모두 가방에 쓸어 담고 이내 다른 금고의 문도 차례대로 열었다.

끼이이익!

그러자 그 안에선 보석을 시작으로 금괴, 땅문서, 건물증서, 사채권 등이 줄줄이 이어 나왔다.

대부분이 일본에 근거를 둔 것들이기는 하지만 여전히 그 법적 효력은 충분히 남아 있을 것이다.

"현명한 선택이었다. 한국이 아닌 일본에 이런 재산을 남겨두셨다니……."

북동그룹이 워낙 넓은 권력망을 가지고 있다고는 해도 한국을 떠나게 되면 그 힘이 조금은 약해지는 면이 있다.

물론 일본 역시 북동그룹의 영향력이 강력하게 미치고는 있지만 설마 이곳에 재산이 있다는 생각은 전혀 하지 못할 것이다.

그러니까 지금 이 재산은 양희진에게는 막대한 힘으로 작용할 수도 있다는 뜻이다.

"좋아."

곧이어 그녀는 마지막으로 남은 금고의 문을 열었다.

철컹!

"바로 이것이군."

아버지가 말씀하신 서류는 모두 이곳에 날짜별로 정리가되어 있고, 그 종이의 재질은 20년 전이나 지금이나 변함이없었다. 아마도 양휘철은 일부러 금고의 온도를 낮게 유지해서 아무리 세월이 지나도 내용물이 변질되지 않도록 안배한것 같았다.

북동그룹 비밀 장부

당시의 잉크가 아직도 선명하게 남아 있는 이 서류들을 검찰에 넘기기만 하면 세상이 발칵 뒤집힐 일이 벌어질 터였다.

이제 그녀는 마지막 기로에 설 수밖에 없었다.

"북동그룹의 패망이냐, 나의 야망이냐."

북동그룹이 무너지게 되면 양희진이 그 권력을 잡고 회장행세를 할 수 있을지는 의문이다.

고스트라는 집단이 워낙 넓은 세력을 가진 점조직 형태로 되어 있기 때문에 한번 회사가 깨어지면 그 권력을 다시 잡는 것은 거의 불가능했다. 때문에 양희진은 이제 양단간에 결정을 내릴 수밖에 없었다.

"쉽지 않은 선택이군."

그녀는 일단 이 모든 재산을 자신에게 귀속시킨 후 다시 한 번 생각을 가다듬어 보기로 했다.

*　　　*　　　*

일본 중앙은행 안.

양희진은 환매조건부채권과 무기명채권을 모두 처분하는 절차를 밟고 있었다.

환매조건부채권의 경우엔 양휘철의 인감도장 하나, 그리고 무기명채권은 아무런 확인 절차 없이 지급이 가능했다.

두 채권 모두 채권 자체만으로 효력이 발생하기 때문에 그 절차는 그리 복잡한 편이 아니었다.

하지만 20년이 지난 지금 백억 엔이라는 돈은 대략 3백억 엔을 훨씬 상회하는 가치로 환산되었다.

20년 동안 일본이 경제 성장을 거쳤고 물가 역시 올랐기 때문에 채권에는 그 모든 것이 포함된다.

지금 그 모든 것을 돈으로 환산하려니 당연히 은행 입장에선 손해를 감수할 수밖에 없는 것이다.

때문에 인감도장과 같이 간단한 신분 확인 절차를 거쳐 정확하게 지급을 해야 뒤탈이 없을 터였다.

일본 중앙은행 다나카 히로아키 전무는 양희진에게 돈을 어떤 방식으로 지급할지에 대해 물었다.

"고객님께서 엔화로 받으신다면 좋겠습니다만, 원화나 달러가 필요하실 수도 있다고 생각합니다. 또는 다시 채권을 구매하실 수도 있고요. 그래서 여러 가지 방법을 고안해 두었습니다. 어떤 방법이 좋으신지요?"

"전액을 원화로 받을 수 있습니까?"

"원화라……. 아시겠지만 원화로 환전하시면 조금 손해를 보실 수도 있습니다. 요즘 엔화가 약세라 시세가 불안정해서 말입니다."

"흠……."

"차라리 엔화로 받으시고 한국으로 돌아가 되파는 것이 어떠신지요?"

그녀는 고개를 가로저었다.

"아닙니다. 손해는 제가 감수합니다. 그러니 원화로 지급해 주십시오."

"알겠습니다. 그럼 3백억6천만 엔을 전부 원화로 전환해

드리겠습니다."

"고맙습니다."

"지금 현금으로 받으십니까?"

"그러면 좋지요."

"알겠습니다. 그럼 일주일 후 다시 저희 은행을 찾아주시면 곧바로 수령하실 수 있도록 조치하겠습니다."

"고맙습니다."

"별말씀을요."

이윽고 다나카 히로아키는 그에게 금색으로 된 명함을 건네며 깊이 고개를 숙였다.

"아무쪼록 앞으로도 저희 중앙은행을 자주 이용해 주시면 감사하겠습니다."

"예, 그렇게 하지요."

환전을 약속 받은 양희진은 곧바로 은행을 나서서 도쿄 하라주쿠로 향했다.

*　　　*　　　*

젊음의 거리 하라주쿠에 위치한 시우지마 빌딩은 야쿠자 시우미자회를 전신으로 두고 있다.

양희진은 양휘철의 금고에서 찾은 시우미자 그룹의 지분

55%의 증서를 들고 그들을 찾았다.

시우지마 그룹의 총괄이사 세이지 야마시타는 갑작스럽게 그룹을 찾아온 주인을 앞에 두곤 어찌할 바를 몰라 했다.

"설마하니 20년이 지나서 회장님의 따님이 나타나실 줄이야……."

"지금 그룹은 누가 운영하고 있습니까?"

"네 개의 가문이 45%의 지분을 나누어 갖고 공동으로 운영하고 있습니다."

"흠……."

"우리는 야쿠자로 시작한 그룹입니다만, 지금은 일본의 회사법에 근거하여 그룹을 운영합니다. 그로 인해 55%의 지분은 제외하고 회장대리로 조직을 운영할 수밖에 없었지요."

"아버지께서 대리 운영에 대한 말씀을 남기셨나요?"

"예, 그렇습니다. 여기 위임장입니다."

야마시타 그룹의 장남이자 가문의 당주인 세이지는 자신이 아버지께 물려받았다는 위임장을 그녀에게 보여주었다.

그녀는 아버지의 필체로 직접 쓴 위임장에 찍힌 인감도장을 확인해 보았다.

"으음, 맞는군요."

인감도장을 직접 가지고 있는 그녀로선 그 진본을 당연히 알고 있었다.

하지만 태어나 인감도장 진본을 처음 보는 세이지는 감개무량하다는 표정이다.

"이, 이것이 바로 시우미자 그룹의 옥좌……."

이윽고 위임장을 받은 그녀는 곧바로 지분의 영향력을 행사할 수 있는 증거를 그에게 보여주었다.

"보시는 바와 같이 이제는 제가 이 지분을 모두 인수하고 아버지의 대리인으로서 회사를 경영하게 됩니다. 이의 있으십니까?"

"그럴 리가 있겠습니까?"

"좋습니다. 그럼 당장 이번 주말에 회의를 소집해 주십시오. 아버지의 전언을 모두에게 공개하겠습니다."

그는 그룹의 핵심이자 창립주인 양휘철 회장의 소재에 대해 조심스럽게 물었다.

"듣기론 회장님께서 단순 실종으로 처리되었다고 하더군요. 사실입니까?"

"아닙니다. 아버지께선 지금 숙부의 배신으로 하반신을 사용할 수 없습니다만 여전히 살아 계십니다."

"……!"

일본 야쿠자 계의 대부라고 불리던 양휘철, 즉 시우지마 회장의 생존은 세이지나 그 아버지들에게 있어선 상당히 큰 임팩트로 다가올 것이다.

그녀는 조금 넋이 나간 그에게 자신의 거처를 마련해 줄 것을 요청했다.

"내가 묵을 수 있는 집이 있습니까?"

"무, 물론입니다. 회장님께서 사용하시던 사가가 있습니다. 제가 안내해 드리지요."

세이지는 자신이 직접 차를 끌고 그녀를 안내했다.

*　　　*　　　*

도쿄 시가지 중심가에 위치한 초호화 일본 고저택.

끼이익.

20년간 단 한 번도 열리지 않던 이 고저택의 대문이 오늘 열렸다.

"들어오시지요."

"이곳이 바로……."

"회장님께서 가끔 묵으시며 사용하던 저택입니다. 지금은 그룹에서 정기적으로 청소를 하며 관리하고 있지요. 이제 주인을 되찾았으니 직접 사용하시면 됩니다. 물론 관리는 그룹에서 알아서 할 겁니다."

"그렇군요."

고저택은 최고급 다다미로 바닥을 채웠고 집을 떠받들고

있는 목재 역시 최고급이었다.

거기에 벽지는 장인이 손수 만든 닥종이에 풀을 먹여 발랐으며, 그 안에는 현존하는 최고급 기술력이 총 집약된 기기들이 가득했다.

딱딱!

손뼉을 두 번 치는 것으로 집안의 불이 모두 다 켜지며 음성 안내 기능이 그녀를 맞이했다.

"새로운 주인님을 맞이해야 한다. 세팅하라."

─예, 알겠습니다.

집 전체가 하나의 소프트웨어로 연동되기 때문에 말 한 마디면 모든 것을 컨트롤할 수 있는 것이 특징이었다.

그녀는 북동그룹에서도 쉽게 찾아볼 수 없는 시우지마 그룹의 기술력에 감탄사를 연발했다.

"으음, 좋군요. 이런 기술력이라니⋯⋯."

"모두 회장님을 위한 겁니다. 혹시라도 불편한 것이 있으면 말씀해 주시지요."

"아닙니다. 다만 나중에 제가 마음의 결정을 내리면 함께 행동해 주십시오."

"행동이요?"

"제가 북동그룹을 포기하기로 마음을 먹는다면 지체 없이 그들을 공격할 겁니다. 그때 함께해 달라는 소립니다."

그는 흔쾌히 고개를 끄덕였다.

"저희 집안은 오로지 그룹을 위해 존재해 왔습니다. 그룹이 없이는 저희도 없지요. 만약 회장님께서 명령하신다면 총력전도 불사하겠습니다."

"감사합니다."

"별말씀을요."

그녀는 이제 아버지가 남긴 고저택에서 짐을 풀고 이사회와 만나게 될 것이다.

일주일 후, 양희진은 일본 중앙은행에서 지급해 준 현금을 챙겨 이사회 장으로 향했다.

그녀는 아버지 양휘찬의 전언을 이들에게 전하기 위해 이사회를 열었고, 그 모임에는 현 당주들이 빠짐없이 참석했다.

네 가문의 가주들과 그 휘하의 아들들, 계열사의 중역들까지 모두 그녀를 보기 위해 모였다.

양희진은 엄청난 양의 현금 다발을 이사회 테이블에 쌓아둔 채 양휘찬의 전언을 반포했다.

"아버지께선 내가 당신의 뒤를 잇기를 바라십니다. 하지만 그렇게 된다면 제가 북동그룹을 무너뜨려야 합니다. 북동그룹은 제 아버지를 살해할 목적으로 공격했습니다. 그 결과, 지금은 하반신 불구가 되어 침거하고 계시지요."

"······!"

"당신들의 적은 북동그룹입니다. 비록 당신들이 북동그룹을 위해 만들어지긴 했지만 그래도 보스를 사지로 내몬 그들과 화친할 수는 없는 노릇 아닙니까?"

"옳소! 맞는 말입니다!"

"당장 놈들을 확 쓸어버리고 오야붕의 원수를 갚는 겁니다!"

자신들이 모시던 보스를 불구로 만든 이들을 용서할 수 없다는 것이 이들의 기본적인 입장인 모양이다.

양희진은 이들의 열의와 성원에 힘입으면서도 한 가지 걱정을 내비쳤다.

"만약 내가 당신들을 선택해서 북동그룹과의 싸움을 시작하게 되면 스스로의 목숨을 지킬 수 없을지도 모릅니다. 그래도 괜찮습니까?"

"물론입니다!"

"당신들 본인뿐만 아니라 가솔들까지 모조리 위험해질 수 있어요."

세이지 야마시타의 아버지 소이치로 야마시타는 그녀에게 자신들의 입장을 아주 짧게 일축시켜 말했다.

"아가씨, 자고로 야쿠자는 근본을 알아야 제대로 된 주먹이라고 할 수 있습니다. 근본도 모르는 저런 싸가지 없는 것들에게 굴복할 바엔 차라리 다 죽는 것이 낫습니다. 그게 나와 내 가솔들을 위하는 길이기도 합니다. 긍지를 잃어버린 야쿠자는 그냥 쓰레기밖에 안 되는 삼류인 겁니다."

"의지가 굳건하군요."

"이 소이치로, 비록 일자무식에 가진 것도 별로 없는 졸부입니다만, 그 자긍심만큼은 대통령 부럽지 않습니다. 아가씨께서 걱정하시는 일이 무엇인지 잘 알고 있습니다만, 저희들은 자존심 하나로 먹고사는 놈들입니다. 그 휘하의 가솔들 역시 마찬가지입니다. 그들에게 굴복하려 하신다면 차라리 단체로 자결을 하고 말겠습니다!"

"옳소!"

그의 의지를 관철시키려는 듯 모든 수뇌부가 뜻을 모아 외쳤다.

"아가씨! 함께 놈들을 때려 부수어주십시오! 이 은혜, 죽을 때까지 잊지 않겠습니다!"

"아가씨!"

"…역시 내 아버지의 훌륭함은 틀림이 없군요."

비록 그룹의 어두운 일면에 숨어 더러운 일만 골라서 한 양휘찬이지만 그 인간성과 자긍심만큼은 변하지 않았다.

그녀는 아버지의 가신들이자 자신의 부하들이 될 그들에게 선언했다.

"아버지께서 남기신 현금입니다. 내가 빼낼 수 있는 북동 그룹의 자금까지 합치면 꽤나 큰 세력을 구축할 수 있을 겁니다. 이제부터 우리는 아버지가 남기신 모든 것을 동원하여 저들을 쳐부수고 승리할 겁니다."

"아가씨를 따르겠습니다!"

이제 그녀는 북동그룹을 떠나 새롭게 둥지를 틀려 했다.

*　　*　　*

스토커로 양희진을 감시한 지 한 달째. 네르샤는 드디어 대단한 수확을 올리게 되었다.

강수는 그녀가 건넨 기억의 환을 앞에 두고 있었다.

"그러니까 이게 최근 그녀의 행보를 나타낼 환이라는 것이지?"

"스토커의 뇌에서 채취한 것이다. 이것을 먹으면 나와 녀석의 기억을 네가 흡수할 수 있어."

"혹시 잠에 취해 못 일어나는 약이라든지, 마약 성분의 환약이라든지……."

"내가 미쳤다고 그런 말도 안 되는 짓을 하겠나? 그리고 그런 얕은 수가 통할 정도로 레비로스, 너는 약한가? 그랬다면 애초에 내가 너를 왜 쫓아다녔겠어?"

"하긴 그건 그렇지."

아주 잠깐 그녀를 의심한 강수는 곧바로 기억의 환을 집어 삼켰다.

꿀꺽!

그러자 그의 뇌리에 아주 짧은 기억의 파편이 스치면서 최근 양희진의 행적이 고스란히 스며들었다.

대략 5분 후, 강수는 믿을 수 없다는 표정을 지었다.

"양희진이 양만철을 배신했다!"

"좀처럼 일어나기 힘든 일이지. 하지만 사실이다. 그녀는 지금 양만철의 뒤통수를 후려치기 위해 고심에 또 고심을 거듭하고 있어."

"흠……."

"만약 너만 괜찮다면 지금 당장 그녀와 접선하여 다리를 놓는 것도 나쁘지는 않다고 생각한다."

"그녀와 손을 잡자는 건가?"

"지금으로썬 그게 가장 좋은 방법인 것 같다."

양희진의 기억에 따르자면 지금 그녀가 양만철을 배신하려는 의도는 바로 아버지의 복수 때문이었다.

이제 그녀는 더 이상 양만철을 아버지로 생각하지 않고 있으며, 오히려 아버지 양휘철의 원수로 생각하고 있었다.

지금이라면 그녀와의 동맹을 굳건히 하고 나래를 펼칠 수도 있을 터였다.

강수는 그녀의 말대로 그녀와의 동맹을 추진하기로 했다.

"좋아, 그녀와의 동맹을 추진하자."

"접선 장소는?"

"일본 시우지마 그룹으로 하지."

"알겠다. 그럼 당장 다니엘에게 지시해서 스케줄을 잡도록 하지."

"고마워."

"후후, 별말씀을."

네르샤 덕분에 큰 힘을 얻게 된 강수는 일본으로 떠날 차비를 했다.

　　　　*　　　　*　　　　*

이틀 후, 일본 시우지마 그룹의 본사로 강수와 다니엘이 당도했다.

소식을 듣고 달려온 양희진은 조금 불편하면서도 반가운 얼굴로 강수를 맞이했다.

"처음 보는군요. 양희진이라고 합니다."

"이강수입니다."

악수를 나눈 두 사람, 하지만 여전히 두 사람의 표정은 밝지 못했다.

하지만 강수는 자신이 먼저 그녀에게 동맹을 제안하고 앞으로의 일에 대해 논의하기로 했다.

"양만철 회장이 원수라고 들었습니다."

"…그래요. 맞습니다. 하지만 그 사실을 어떻게 알았습니까?"

"우리에겐 보이지 않는 귀가 있어요. 그가 나에게 정보를 제공해 주었습니다. 자세한 사정까지는 알 수 없으나 당신이 양만철과 원수가 되었다는 것을 알려주었지요."

"흠, 그렇군요."

"만약 우리와 손을 잡는다면 우리가 가진 전력을 당신에게 보태겠습니다."

"하지만 북동그룹은 만만한 집단이 아닙니다."

강수는 슬그머니 미소를 지었다.

"후후, 우리도 그리 만만한 집단이 아닙니다."

"당신들이라면……."

"아직 KS루한스 그룹에 대해 잘 모르시는 모양이군요. 우리가 단순히 당신들의 루한스 그룹을 운이 좋아 인수했다고 생각하십니까?"

"비하인드 스토리가 있는 모양이군요."

강수는 곁에 서 있는 다니엘에게 사정을 설명하도록 지시했다.

"네가 겪은 우리의 저력에 대해 설명하라. 지금 네 입장이 아닌 당시의 입장에 의거해서 말이다."

"예, 보스."

다니엘은 자신이 가면초가에 몰린 시절을 상기해 냈다.

"…솔직히 태어나 그렇게 무서운 사람들이 있다는 소리를 들어본 적이 없습니다. 아니, 어쩌면 사람이 아니라고 볼 수도 있지요."

"사람이 아니라니? 그건 또 무슨 소리입니까?"

"절대적인 힘을 가진 집단이 있단 말입니다. 사람 그 이상, 어쩌면 한 단어로 정의하기 힘들 정도의 세력을 가진 집단 말입니다. 당신은 상상조차 할 수 없는 거대한 힘입니다. 저는 그 엄청난 힘에 압도되어 자연스럽게 보스를 따르기로 했습니다. 만약 당신이 보스에 대해 100분의 1이라도 알게 된다면 북동그룹이 무섭다는 소리는 아예 하지 못할 겁니다."

"으음……."

강수는 이제 자신이 직접 그녀에게 부연 설명을 하기로 했다.

"나는 북동그룹이 무슨 짓을 하던지 간에 전혀 무섭지 않습니다. 다만 경제적으로나 법적으로 그들에게 밀려 회사가 무너져 내릴까 봐 무서운 겁니다. 하지만 이젠 그 역시 커버

해 줄 사람이 생겼으니 천군만마를 얻은 기분이군요."

"우리 시우지마와의 동맹은 당신의 모자란 부분을 채워줄 좋은 동반자가 되었군요."

"좋은 칼과 방패가 될 수도 있지요."

그녀는 강수의 제안을 아주 기쁘게 받아들였다.

"알겠습니다. 우리는 이제부터 당신들의 동맹이고 지지자입니다."

"고맙습니다. 잘 생각하신 겁니다."

이로써 강수와 양희진의 동맹이 결성되었다.

『현대 소환술사』 9권에 계속…

외전

비 내리는 호남선

이른 아침, 강수의 집무실로 렉시가 들어섰다.

똑똑.

"들어오십시오."

인기척에 그녀를 안으로 들인 강수가 렉시를 바라보며 물었다.

"무슨 일입니까? 보고할 거리라도 있습니까?"

"아니요. 오늘은 보고가 아니라 통보를 하러 왔습니다."

"통보?"

"보스, 이번 주말에 뭐 하십니까?"

"글쎄요, 그냥 집에 있겠죠?"

강수의 스케줄은 그녀가 꽉 잡고 있지만 사생활까지 간섭할 권한은 없었다. 때문에 그가 주말에 무엇을 하든 그녀가 상관할 바 아니라는 소리다.

하지만 그녀는 강수에게 개인적인 사생활을 옭아매는 통보를 해왔다.

"주말에 선 좀 보시죠."

"뭘 봐요?"

"선이요. 남녀가 만나서 차를 마시고 밥을 먹고 끝에는 술도 한잔하는 그런 자리 말입니다."

순간 강수는 자신의 귀를 의심했다.

"선이 뭔지 알고 말하는 겁니까? 외국에서 살다 와서 잘 모르는 모양인데, 선은 결혼을 전제로 남녀가 만나는 겁니다. 그것을 주선하는 것을 중매라고 하고요."

"알아요. 저도 선이 무엇인지 정도는 아주 잘 알고 있습니다."

"…그런데 저더러 선을 보라고 말씀하시는 겁니까?"

그녀는 자신이 가지고 온 카탈로그를 강수에게 내밀며 말했다.

"아시는지 모르겠습니다만, 요즘 회장님은 재계에서 꽤나 유명해졌습니다. 젊은 사업가에 외모도 준수하고 키도 훤칠

하니 중매쟁이들에겐 섭외 1순위란 말이죠."

"…그래서요?"

"이번에 우리 그룹이 인수하게 된 한강일보 그룹의 2대주
주인 일성제약에서 선 자리를 요청해 왔습니다."

"……."

"일성제약에선 우리 그룹이 한강일보를 인수하는 대신 자
신들과 선을 볼 것을 요청했습니다. 그리고 저는 그 제안을
수락했고요."

"본인인 나의 의견은 중요하지 않았습니까?"

"그런 것이 무슨 필요가 있습니까? 회장님께선 우리 그룹
의 맹주입니다. 희생은 당연한 것 아니겠습니까?"

"…너무 독선적인 전무이사군요."

"회장님께서 올리신 자리입니다. 저는 그룹을 위해 최선을
다한 것뿐이고요."

"고마워서 눈물이 다 나려고 하는군요."

"아무튼 선 자리엔 꼭 나가셔야 합니다. 그렇지 않으면 한
강일보는 다시 일성제약에게 빼앗길 수도 있습니다."

"……."

"나가실 거지요?"

"…알겠습니다. 그럼 선 자리에서 딱 몇 마디만 나누고 들
어오겠습니다."

"잠깐, 그건 안 됩니다. 이번 선은 총 일곱 번에 걸쳐서 이 뤄질 예정입니다."

강수는 그녀를 바라보며 고개를 갸웃거렸다.

"그건 또 무슨 황당한 소리입니까? 세상에 어떤 사람이 선 을 일곱 번이나 봅니까?"

"일곱 명과 차례대로 봐야 하기 때문이죠. 만약 거기에서 마음에 드는 사람이 있다면 술자리는 물론이고 잠자리까지 가도 좋습니다."

"……."

"아시겠죠? 이번 자리는 한강일보 그룹의 명운이 달린 일 입니다. 부디 사사로운 감정으로 인해 일을 그르치지 말았으 면 좋겠군요."

"…알겠습니다."

"다시 한 번 당부하는 바입니다. 절대로 그녀들의 심기를 불편하게 만들지 마십시오. 되도록 그 여자들이 회장님의 이 름만 들어도 침을 질질 흘리도록 만들란 말입니다."

"그럴 바엔 차라리 제비를 고용하지 그래요?"

"제비는 그룹의 회장님을 할 수가 없습니다. 일개 제비에 게 그룹을 맡기고 싶어요?"

"…명심하겠습니다."

강수는 어쩔 수 없이 그녀의 말에 따라 선 자리에 나갈 수밖에 없는 상황에 놓이고 말았다.

*   *   *

빰바바바밤.

조금 루즈한 음악이 흐르는 레스토랑에 앉은 강수는 벌써 30분째 한 여성을 기다리고 있었다.

"으음, 시간 개념이 어지간히도 없는 여자군. 사업가에게 30분이나 기다리도록 만들다니, 이것 참."

남녀관계에서 30분의 기다림이란 마치 남자에게 주어진 숙명처럼 여겨지는 요즘 시대라곤 하지만, 그것은 어디까지나 일반적인 남자들에 국한된 얘기였다.

가뜩이나 선 자리가 죽도록 싫은 강수에게 30분이나 기다리라고 강요한다는 것은 어불성설이었다. 차라리 이 시간에 PC방에서 백수 짓을 하는 것이 더 낫겠다고 생각하는 강수였다.

잔뜩 화가 난 그에게 한 여성이 다가와 말을 건넸다.

"이강수 씨?"

"예, 제가 이강수입니다."

"반가워요. 지유영이라고 해요."

"아아, 당신이 지유영 씨군요. 반갑습니다. 일단 앉으시죠."

아주 아름답고 도도한, 게다가 키끼지 큰 쭉쭉 잘 뻗은 여자다. 하지만 강수에겐 그저 지나가는 여자 중 한 명에 불과한 지유영이었다.

지유영은 자리에 앉자마자 당연하다는 듯이 물었다.

"메뉴는 정해놓으셨겠죠?"

"뭐요?"

"메뉴요. 선 자리에 나오면서 무엇을 먹을지, 마실지, 또 이후엔 어떻게 움직일지는 남자가 미리 계획을 짜서 나와야 하는 것 아닌가요?"

"……."

강수는 너무나도 독선적이고 이기적인 그녀의 태도가 상당히 마음에 들지 않았다.

그러나 그의 머릿속에는 렉시의 당부가 아직도 맴돌고 있었다.

'절대로 그녀들의 심기를 불편하게 만들지 마십시오. 되도록 그 여자들이 회장님의 이름만 들어도 침을 질질 흘리도록 만들란 말입니다.'

그는 속으로 이를 바득바득 갈았다.

'빌어먹을! 도대체 이렇게 싸가지 없는 여자를 어떻게 고분고분하게 만들란 말이야?'

낯빛이 새까매진 강수를 바라보며 그녀가 물었다.

"왜 그래요? 어디 안 좋으세요?"

"…아닙니다. 오늘 아침부터 속이 별로 좋지 않네요."

"아아, 그래요? 그럼 다행이고요."

그녀는 계속해서 마이페이스로 일관했다.

"자, 그럼 식사를 주문해 주세요."

"알겠습니다."

모로 가도 서울만 가면 된다는 속담이 있듯이 그녀가 처음엔 강수의 마음에 들지 않았어도 점차 그렇게 만들면 되는 일이다.

"실례합니다. 주문 좀 받아줘요."

"예, 손님."

"혹시 여기 양고기 있습니까?"

"예, 그렇습니다."

"어린 양의 등심에 로즈마리와 레몬, 그리고 통후추를 섞은 요리가 가능하겠습니까?"

"그런 요리라면 메뉴에 있습니다. 하지만 로즈마리는 저희들이 사용하지 않는 식자재입니다만……."

"취향대로 맞춰주실 수 있을 것 아닙니까? 고객의 입맛에 맞춰가는 것이 식당이 할 일이니까요. 그렇죠?"

"예, 손님. 그럼 두 분 모두 로즈마리를 곁들여 가져다 드릴까요?"

"그렇게 해주십시오. 그리고……."

강수는 자신이 아는 선에서 가장 고급스러우면서 맛이 좋은 와인을 주문하려 그녀의 의향을 물었다.

"라피트 로칠드 어떠십니까? 양고기에 잘 어울릴 것 같은데."

"아아, 좋아요."

"이곳에서 판매하는 샤또 라피트 로칠드 빈티지가 어떻게 됩니까?"

"1990년산과 2002년산이 있습니다."

"1990년산이 좋겠군요. 그럼 샤또 라피트 로칠드 한 병 주시고 애피타이저에 훈제치즈를 곁들여주십시오."

"예, 알겠습니다."

와인을 즐기는 데 가장 좋은 안주인 훈제치즈는 남녀노소가 모두 다 좋아하는 맛으로 호불호가 거의 갈리지 않는 음식 중 하나이다.

다만 치즈를 싫어하는 사람이라면 당연히 입에도 대지 않을 것이다.

하지만 우연치 않게도 그녀는 치즈와 와인을 아주 좋아하는 여자로 평소엔 치즈가 들어간 음식밖에 먹지 않았다.

"훈제치즈를 즐겨 드시나요?"

"뭐, 있으면 먹습니다. 하지만 이곳엔 있을 것도 같아서 시켜본 겁니다."

"후후, 뭘 좀 아시네요. 훈제치즈와 와인은 뗄 수 없는 조합 중 하나죠."

"저도 그렇게 생각합니다."

처음에 강수에게 조금 까칠하게 굴던 그녀지만, 와인과 치즈로 점수를 제법 후하게 딴 모양이다.

그녀의 표정이 처음보다 훨씬 더 좋아졌음을 느낀 강수였다.

*　　　*　　　*

식사에 간단히 와인을 곁들여 마신 강수는 그녀를 데리고 관악산 정상으로 향했다.

다다다다다!

산을 좋아하긴 하지만 술이 한잔이라도 들어가면 등산을 하지 않는다는 그녀를 위해 헬기까지 대절한 강수는 관악산 정상에 올라서 돗자리를 폈다.

"자, 어떻습니까? 이 정도면 꽤 괜찮은 경관인 것 같은데."

"헬기를 대절해서 관악산을 오를 생각을 하다니, 꽤 창의적인 사람이군요."

"사업이라는 것이 창의력 없이는 절대로 할 수 없는 일이더군요. 그래서 그쪽을 키워내고 있습니다. 뭐, 경과가 썩 좋은 것 같지는 않지만 말입니다."

"그렇군요."

강수는 관악산 정상에서 커피를 마실 수 있도록 헬기 안에 아메리카노 두 잔을 미리 마련해 두고 그에 어울리는 머그잔까지 준비했다.

"시럽은 쓰십니까?"

"아니요."

"샷은?"

"추가해서 마셔요."

"알겠습니다."

고소한 커피에 특유의 씁쓸함까지 더했으니 관악산의 정취가 한껏 더 눈에 확 들어올 것이 분명했다.

강수는 그녀에게 커피를 건네면서 비스킷 두 개를 건넸다.

"혹시나 해서 가져왔습니다. 제로 칼로리 비스킷입니다."

"어머나, 이런 간식이 다 있었나요?"

"많이 먹으면 당연히 살이 찌겠습니다만, 한두 개 정도는 괜찮다고 들었습니다."

"고마워요."

여자들은 특히나 다이어트에 민감하다는 사실을 지수에게 귀가 따갑게 들어온 강수다. 그래서 그녀에게 무엇인가 권할 때엔 반드시 칼로리가 낮은 음식인지 확인했다.

만약 그녀가 칼로리에 별로 관심이 없는 여자로 보였다면 애초에 돼지고기를 주문해서 먹었을지도 모른다.

강수는 이렇게까지 여자에게 맞추고 있는 자신을 보며 내심 놀랐다.

'아주 목숨을 거는군. 홋, 결혼할 여자에게도 이렇게까지 관심을 쏟을 수 있을지 모르겠군.'

사람에게 환경이라는 것이 얼마나 중요한지는 지금 강수의 행동이 계속 바뀌고 있다는 점을 보면 알 수 있다.

만약 원래의 강수였다면 죽어도 마음에 들지 않는 여자에게 이렇게까지 친절하게 대하지 않았을 것이다.

하지만 사업에 꼭 필요한 사람이라고 하니 친절을 베풀 수 있었다.

하는 김에 강수는 그녀에게 진짜 선심을 쓰기로 했다.

"커피를 마시고 난 후엔 노래방이나 갈까요?"

"노래방이요?"

"오늘 자리가 조금 불편하다고 느껴질 수도 있습니다만, 우리 나이도 있고 한데 뭐 그렇게 낯을 가립니까? 노래방에서 소화 좀 시키고 나서 술도 한잔하시죠. 그 이후 저를 만나주시던 말던 그건 자유고요."

"후후, 그렇게 노래에 자신 있어요?"

"자신이 있는 것은 아닙니다. 그냥 노래방에 가는 깃도 꽤

찮을 것 같아서 드리는 말씀이지요."

"그럼 아예 노래를 부를 수 있는 술집으로 가면 되잖아요?"

"뭐, 그것도 괜찮고요."

"좋아요. 그럼 노래를 부를 수 있는 주점으로 예약할게요."

"예약이요?"

"내가 제안했으니 당연히 내가 예약을 해야죠. 잠시만 기다려줘요."

그녀는 강수와 자신이 뭔가 합이 잘 맞는다고 생각하는지 약간 신이 난 모습으로 핸드폰을 뒤지고 있다.

강수는 그런 그녀를 바라보며 의외로운 모습이 조금은 있다고 생각했다.

'아주 구제불능의 싸가지는 아닌 모양이군. 그래도 두 번 만날 일은 없겠지만 말이야.'

이윽고 검색을 끝낸 그녀가 강수에게 술집의 전경을 보여주며 한껏 들뜬 목소리로 말했다.

"보시이죠? 별장 형식으로 되어 있어서 공간도 넓어요. 노래를 부르면서 술을 마시기엔 아주 안성맞춤이죠."

"그렇군요. 여기서 한잔합시다."

"그럴래요?"

"물론이죠. 일단 여기서 내려가 내가 타고 온 차를 타고 이

동합시다."

"그래요. 좋아요."

처음보다 확실히 밝아진 그녀는 강수를 따라 즐겁게 산을
내려갔다.

＊　　　＊　　　＊

MR 반주에 노래를 부를 수 있는 음향 장비와 방음 시설을
갖춘 술집 '프리덤'은 높은 가격과 악명 높은 예약 순서 때문
에 어지간한 사람은 잘 들어가지 못하기로 유명했다.

게다가 VVIP만을 위한 스페셜 룸은 그 가격대가 가히 상상
을 초월하기 때문에 어지간해선 예약하는 사람이 별로 없었
다.

그 때문인지 지유영은 별 어려움 없이 술집을 예약할 수 있
었다.

강수는 자신이 아는 한 가장 분위기 있고 대중적인 노래들
을 선곡하여 술자리의 분위기를 아주 부드럽게 만들었다.

딩, 딩딩.

"부드럽게, 무드 있게, 따뜻하게 꼭 안아주시오. 매일 한 번
씩 사용하시오."

에디 킴의 '너 사용법'은 요즘 여자들이 가장 좋아하는 노

래 중 하나로 부드럽고 로맨틱한 가사로 수놓아진 곡이다.

물론 기타를 가끔 취미로 치는 강수에겐 그저 기타의 기교와 선율이 좋은 곡으로 기억되고 있다.

이유야 어찌 되었건 너 사용법은 호불호가 없이 여자들의 마음을 공략하기에 아주 좋은 노래였다.

지유영은 안정적인 가창력으로 노래를 이어나가는 강수에게 아주 깊은 호감을 느낀 모양이다.

그가 한 곡을 모두 완창하고 나자 박수까지 치며 노래에 호응했다.

짝짝짝짝!

"노래를 아주 잘하시네요. 어디서 배우셨어요?"

"아니요. 그런 것은 아닙니다. 그냥 어려서부터 이곳저곳 많이 떠돌아다니다 보니 노래방 기계보단 기타를 많이 잡았지요. 그때 조금씩 연습이 되었던 것 같습니다."

"그렇군요. 어쩐지 목소리가 컨트리나 포크에 잘 어울릴 것 같았어요."

"칭찬 고맙습니다."

"후후, 뭘요. 사실인걸요."

이윽고 그녀는 MR 목록에서 자신이 마음에 들어하는 남자 노래를 선곡하여 강수에게 앙코르를 요청했다.

"혹시 중독된 사랑 알아요?"

"알긴 알지요."

"불러주세요."

"이, 이 노래를요?"

"…못 부르시나요?"

"아니요. 그런 것은 아닙니다만……."

"불러줘요. 이 노래를 너무 좋아해서 그래요."

오늘 처음 보는 여자에게 신청곡을 받아 노래를 부른다는 것이 썩 내키지 않는 강수였으나 렉시의 주문을 받아 온 길치고는 너무 멀리 와버렸다.

'그래, 노래 몇 곡 부른다고 죽겠냐?'

강수는 그녀를 위해 기꺼이 마이크를 잡았다.

"다시 너를 볼 수 있을까. 이렇게 너의 집까지 오고 만 거야."

그녀는 강수가 노래의 도입부를 부르자마자 두 눈을 감고 그의 목소리에 온 신경을 집중했다.

누군가가 자신의 노래에 이렇게까지 집중하는 것도 처음인지라 강수는 이 상황이 적지 않게 당혹스러웠다.

'이것 참……'

하지만 두 사람의 관계가 조금 더 나아질 수 있다면 이 정도는 가볍게 감수할 강수였다.

그러나 정말로 당혹스러운 일은 바로 그때 벌어졌다.

스윽.

'뭐, 뭐야?'

가만히 술을 마시던 그녀가 불현듯 강수의 곁으로 다가와 그의 얼굴을 빤히 바라보고 있는 것이 아닌가?

강수는 이 모든 상황이 황당하다 못해 헛웃음이 나오려 했으나 그 모든 욕구를 꾹 눌러 참았다.

심지어 사업을 위해 웃음을 파는 것 같아서 자존심이 조금 상하기도 했다. 하지만 초인적인 인내심으로 모든 것을 감내하는 강수다.

'참자, 참자.'

그녀는 이글거리는 눈빛으로 강수를 끝까지 응시하였으나, 그는 모르는 척 계속 노래에 모든 신경을 집중했다.

＊　　　＊　　　＊

다음날, 강수는 렉시에게서 박수를 받았다.

짝짝짝!

"역시 하면 하는 사람이군요! 지금 일성그룹에서 뭐라고 하는지 아십니까? 당장 다음 만남을 갖자고 난리입니다!"

"…그것 참 난감하게 되었군요."

"하지만 괜찮습니다. 그 집에는 아직도 다섯이나 되는 딸이 더 남아 있거든요."

"뭐, 뭐라고요?"

"다섯 명이 더 남았다고요. 제 말 못 알아들으셨나요?"

순간 강수는 고개를 갸웃거렸다.

"그 여섯 번이라는 것이 한 집안의 자매들과 선을 보라는
말이었습니까?"

"정확히는 저들의 입맛에 맞춰 남자 행세를 좀 해달라는
뜻이었지요. 어땠습니까? 남자에 대해선 거의 문외한이라고
하던데?"

"…글쎄요. 난 잘 모르겠던데."

"그래요?"

그녀는 이번에는 집안의 둘째 지유진의 사진과 명함을 건
넸다.

"첫째는 좀 싸가지가 없었을 거라고 하더군요. 하지만 둘
째는 상당히 온순하고 상냥하답니다. 거기에 유치원 원장을
할 정도로 참하고 살림도 잘한대요."

"그런 자세한 얘기는 안 해도 됩니다. 어차피 난 웃음만 팔
면 되는 것 아닙니까?"

"그렇게까지 자책할 필요는 없습니다. 어차피 좋은 것이
좋은 것 아니겠어요? 이참에 솔로 탈출을 감행하시는 것도 한
가지 방법이라고 생각합니다."

"…고맙지만 사양하겠습니다. 이번 선 자리는 어디서 시작하면 됩니까?"

그녀는 강수에게 놀이동산 티켓 두 장을 건네며 말했다.

"용인에 있는 놀이동산에서 만나기로 했습니다. 상대방이 놀이동산을 좋아하고 동물을 사랑한다고 해서요. 간 김에 스트레스 좀 풀고 와요."

"뭐, 뭐요?"

순간, 강수는 아연실색해서 표를 확 찢어버렸다.

촤락!

"뭐, 뭐 하는 겁니까!"

"…안 갑니다."

"네, 네?"

"안 간다고요! 나는 놀이기구를 죽기보다 더 싫어하는 사람입니다. 차라리 한강일보 그룹을 포기하는 편이 낫겠어요."

"정말 그렇게 생각하십니까? 당신의 부하들이 이 모습을 봐도 좋겠어요?"

바로 그때 회장실 문이 열리면서 다니엘과 제이크가 모습을 드러냈다.

"보스, 용인까지 가신다기에 차를 대기시켰습니다. 서두르셔야 한다면서요?"

"......"

강수는 다니엘과 제이크의 놀림거리가 될 바엔 내장을 빼서 줄넘기를 하는 쪽을 선택할 사람이다.

그는 어쩔 수 없이 그녀의 제안에 따를 수밖에 없었다.

"언젠가는 이 수모를 꼭 갚아줄 겁니다!"

"후후, 그러세요. 나는 아무래도 괜찮으니까."

강수는 이를 바득바득 갈며 집무실을 나섰다.

그날 오후. 강수는 점심시간이 지나서야 놀이동산에 도착했다.

―꿈과 희망의 나라로, 용인 에베레스트 랜드~

"생각 같아선 저 스피커도 다 부수어 버리고 싶군. 징그러운 기구들 같으니."

강수는 약속 시간이 거의 다 되어서야 도착해 놀이동산을 돌아다니며 그녀가 있다는 곳을 찾고 있었다.

하지만 그녀는 어지간해선 모습을 드러낼 생각이 없는 모양이다.

"뭐야? 이 여자는 아예 약속 장소에서 증발을 해버렸네? 이것 참 종잡을 수 없는 자매들이군."

바로 그때, 강수의 어깨를 툭 치는 여자가 있었다.

"저기… 혹시 이강수 씨 맞나요?"

"아아, 당신이 지유진 씨입니까?"

"네, 제가 지유진이에요."

지유진은 수수한 스타일의 흰색 블라우스에 조끼를 걸친 후 그 아래에 통이 조금 넓고 긴 치마를 입고 있었다.

양말도 단정한 흰색에 길게 늘어뜨린 머리에는 깔끔하게 머리띠를 꽂았다.

한마디로 그녀는 이 세상 어디에 가져다 놓아도 순수함 하나는 절대로 잃을 것 같지 않은 여자였다.

그녀는 강수를 보자마자 깊이 고개를 숙였다.

"죄송해요. 제가 워낙 길치라서 원래 있기로 한 장소를 이제 찾았네요. 많이 기다리셨죠?"

"아닙니다. 오히려 당신이 이 자리에 없어서 저 역시 한참 찾으러 다녔습니다."

"아아, 그러셨구나. 죄송합니다."

"아, 아닙니다. 별말씀을요."

이제 보니 그녀는 어지간해선 길을 잘 찾지 못하는 천생 길치인 모양이다.

그녀의 언니와는 아주 정반대의 여자였지만, 어쩐지 지유영보다 더 불편하게 느껴지는 강수였다.

'너무 예의가 바른 여자라서 그런지 조금 부담이 되는 것은 사실이군.'

물이 너무 맑으면 물고기가 없다는 말이 있듯이 너무 예의를 찾는 사람은 주변에 친구가 별로 없다.

그만큼 너무 강직한 사람은 인간미가 부족하다는 뜻이다.

하지만 유치원을 직접 차릴 정도로 자상한 여자라고 하니 또 다른 면이 있기를 기대해 보는 강수였다.

*   *   *

놀이기구를 좋아하는 그녀이지만 강수에게 잔소리를 늘어놓느라 정작 자신은 챙기지 못하고 있었다.

"강수 씨, 거리에 그렇게 부스러기를 흘리면 어떻게 해요?"

"츄러스에서 떨어진 설탕을 어떻게 안 흘리면서 먹습니까?"

"그래도 그렇지, 이렇게 설탕을 떨어뜨리면서 돌아다니면 청소하시는 아주머니께 실례가 되잖아요."

"……."

먼저 달달하고 고소한 츄러스를 먹자고 제안한 사람은 그녀였지만 정작 강수 혼자 그것을 다 먹어치우고 있었다.

게다가 그녀는 츄러스를 먹는 내내 강수를 집요하게 쫓아다니면서 설교를 늘어놓고 있었다.

한마디로 그녀는 직업병처럼 사람을 가르치고 잘못된 부분을 지적하는 것이 몸에 배어 있었다.

강수는 만약 이런 사람과 단 한 달이라도 교제했다간 말라서 사람이 살 수가 없겠다고 느꼈다.

'이러니 남자가 없지.'

그녀에겐 참으로 미안한 말이지만 남자는 잔소리를 너무 심하게 하는 여자 품 안에선 도저히 숨을 쉬면서 살 수가 없다.

더군다나 평생을 나무꾼으로 살아온 강수에게 인간적인 예절 말고 다른 사소한 지적은 숨통을 옭죄는 올가미일 뿐이었다.

하지만 지금 강수는 그녀의 기분을 맞춰주기 위해 이 자리에 나온 것이니 어쩔 수가 없었다.

"죄송합니다, 아주머니."

"호호, 청년이 예의도 바르네. 사람이 살다 보면 그럴 수도 있지. 게다가 바닥에 흘린 설탕까지 치우는 사람이 어디에 있겠어요? 우리 놀이공원 규정에 그런 것은 없어."

"아아, 그렇군요. 말씀 감사합니다."

청소부 아주머니에게 깊이 고개를 숙이고 용서를 구한 강수를 바라보며 지유진이 흡족한 미소를 지었다.

"강수 씨는 예의가 참 바르군요. 남이 하는 소리를 고깝게 듣지 않고."

"…쓴소리는 몸에 좋다는 말이 있지 않습니까? 정신적인

건강까지 신경 써주시는 유진 씨의 배려에 오히려 감사해야
지요."

"어머나, 그렇게까지 배려 깊은 말씀을 해주시다니 성격이
참 좋으시네요."

"……."

자신에게 잘 맞춰주면 좋은 쪽으로 생각해 버리는 경향은
이 집안 내력인 모양이다.

이제 강수의 성향을 모두 파악했다고 생각한 그녀는 그의
손을 꽉 붙잡은 채 놀이기구로 향했다.

"자, 오늘은 K익스프레스를 좀 타볼까요?"

"뭐, 뭘 타요?"

"한국에서 가장 무서운 롤러코스터요. 이걸 타줘야 스트레
스가 좀 풀리는 것 같거든요. 강수 씨도 탈 수 있죠?"

"아, 아니, 그건 좀……."

"선생님, 여기 두 사람 탑승할게요."

"네, 감사합니다! K익스프레스, 두 분 입장하십니다!"

막무가내로 강수를 끌고 놀이기구 안으로 들어간 그녀는
손수 강수의 안전 장비를 점검하고 그것을 직접 채워주었다.

철컥, 철컥!

"으음, 좋아요. 이 정도면 떨어지지 않겠어요. 무서우면 손
을 잡아드릴게요."

"…아닙니다. 괜찮습니다."

이미 마음을 비운 강수는 그냥 흘러가는 대로 모든 것을 맡기기로 했다.

'그래, 지금까지 그 어떤 상황에서도 죽지 않고 살아남은 내가 아닌가? 이쯤 놀이기구쯤이야……'

고소공포증이 있던 원래의 강수 몸에 들어온 레비로스로선 이 공포감을 극복하기가 너무나도 힘들었다.

하지만 그는 죽기야 하겠느냐는 마음으로 놀이기구 탑승에 임하기로 했다.

위잉, 철컥!

─K익스프레스, 출발합니다! 즐거운 시간 되세요!

대한민국은 물론이고 동북아에서도 손가락이 꼽을 정도로 난이도가 높은 K익스프레스의 공포감은 그런 강수의 다짐을 단 한 번에 무력화시켜 버렸다.

위이이이잉.

대략 10초 정도 높은 고지를 향해 올라가던 열차는 단 한 번의 경고도 없이 거의 수직으로 떨어져 내렸다.

쏴아아아아아!

"끄아아아아아악!"

"야호!"

강수는 지금껏 태어나 이렇게까지 오금이 저리는 롤러코

스터는 본 적이 없다고 생각했다.

직선으로 떨어져 내린 열차는 곧바로 다시 360도 연속 회전을 네 번이나 했고, 그 이후엔 소용돌이처럼 빠른 속도로 굽이쳐 직진했다.

쿠르르르르, 슈가가가각!

"끄악! 끄악! 끄아아아악!"

심장을 토해내듯 비명을 지르며 열차의 난간을 붙잡고 있던 강수는 자신도 모르게 눈을 질끈 감고 말았다.

하지만 그녀는 눈을 감은 강수를 자꾸만 흔들이 정신을 일깨웠다.

"눈을 감으면 안 돼요! 그럼 재미가 없어요!"

"하, 하지만 이 상황에 어떻게……."

"괜찮아요. 정면을 똑바로 보고 숨을 깊게 들이마셔요. 그럼 좀 괜찮아질 거예요."

그녀의 조언대로 눈을 부릅뜬 상태로 심호흡을 한 강수는 순간 심장에 무리가 오는 것을 느꼈다.

두근두근!

"허, 허어어……!"

하필이면 강수가 숨을 들이켠 곳이 건물 15층 높이에서 수직으로 떨어져 내리는 공간이었다.

그는 도저히 숨을 쉴 수가 없어 몸을 이리저리 비틀며 발버 등을 치기 시작했다.

하지만 그녀는 오히려 그의 반응에 더 신이 나서 소리쳤다.

"와아아아! 재미있다! 이제 강수 씨도 이 기구를 즐기는 것이죠?"

"……."

이미 안색이 창백해진 강수는 입을 열 기운도 없었다.

'차라리 나를 죽여라!'

다시는 놀이기구를 좋아하는 여자를 만나지 않겠다고 굳게 다짐하는 강수였다.

*　　　*　　　*

무려 4분이 넘도록 이어진 롤러코스터의 향연에 진이 쭉 빠져버린 강수는 물 먹은 솜처럼 축축 처지는 기분으로 벤치에 앉았다.

"하아!"

하늘이 노래지는 것 같은 착각이 들 정도로 힘든 그에게 지유진은 웃는 얼굴로 말했다.

"여기서 뭐 해요?"

"무, 뭐 하긴요. 앉아서 좀 쉬는 겁니다만?"

"에이, 여기서 이러고 있으면 다음 코스를 못 가요. 어서

부지런히 줄서서 자이로드롭도 타야죠."

"자, 자이로드롭이요?"

"여기 있는 자이로드롭이 한국에서 최고로 높거든요. 번지점프를 하는 것보다 더 짜릿할 거예요."

강수는 그녀의 끝도 없는 도전정신에 이를 갈았다.

'그럼 차라리 그냥 스카이다이빙을 하던지. 왜 하필이면 여기까지 나를 끌고 와서 이 난리일까?'

욕이 목젖까지 차오른 강수였으나 별수 없이 또 미소를 짓고 말았다.

"가, 갑시다."

"어머, 정말요?"

자신도 모르게 스스로 놀이기구를 타자고 말을 뱉은 강수는 속으로 미친 듯이 자책하기 시작한다.

'이런 머저리 같으니! 거기서 왜 자기 주장을 못 펴니? 아아!'

꼼짝없이 그녀를 따라 놀이기구를 타게 생긴 강수는 입술을 꽉 깨물 수밖에 없었다.

두 시간 후, 강수는 화장실에서 무려 네 번이나 구토를 하고 나서야 그녀에게서 벗어날 수 있었다.

이젠 그녀의 얼굴을 볼 힘도 남아 있지 않은 강수를 바라보며 지유진이 물었다.

"강수 씨, 백숙 좋아해요?"

"배, 백숙이요?"

"제가 백숙을 끓여 먹으려고 재료를 좀 샀어요. 어때요? 제가 백숙 좀 끓여드릴까요?"

"아, 아닙니다. 저는 그냥……."

"집안에서 강수 씨 드리라고 주신 산삼주도 있으니 반주로 한잔 드세요."

"아아……."

이렇게까지 강수를 끌고 가고 싶어 난리인 그녀에게 곧장 집으로 간다는 말을 도저히 꺼낼 수 없는 강수다.

'내 팔자가 그렇지, 뭐.'

강수는 이내 슬그머니 미소를 지었다.

"배, 백숙 좋지요! 그나저나 집으로 간다니, 자취하시나요?"

"네, 맞아요. 유치원 근처에서 자취하고 있어요. 그래서 오늘은 강수 씨와 함께 식사하려고 백숙 재료까지 사놓은 것이고요."

"그렇군요."

첫 만남에 집까지 따라간다는 것이 썩 내키지 않는 강수였으나, 별다른 방도가 없었다.

여자가 먼저 집으로 초대했는데 따라가지 않는 것 역시 상당한 결례이기 때문이다.

'그래, 별일이야 있겠어? 유치원 선생님도 선생님인데…….'

그는 흔쾌히 그녀의 집으로 가기로 했다.

"가는 것은 좋은데 빈손으로 가서 너무 죄송하군요. 선물이라도 좀 해드리고 싶습니다만."

"괜찮아요. 그냥 맛있게 드셔주면 좋아요."

"하지만……."

"일단 가요. 시간이 너무 늦었어요."

"예, 알겠습니다."

강수는 그녀의 말대로 차를 몰아 지유진의 집으로 향했다.

*   *   *

서울 연남동에 위치한 그녀의 집은 두 칸의 방에 화장실 두 개가 딸린 구조로 된 집이었다.

거실은 두 방의 경계에 놓여 있었으며 베란다는 두 개의 방을 이어주는 복도와 같은 역할을 해주었다.

또한 베란다에서 작은 문을 열고 밖으로 나가면 테라스와 마당이 연결되어 상당히 살기 좋은 주거 형태를 지니고 있었다.

강수는 마치 아름다운 조영미술품을 보는 듯한 건물에 들어서자마자 감탄사를 연발했다.

"와, 집이 참 아담하고 좋군요. 이 정도의 크기라면 혼자 살아도 좋고 둘이 살아도 좋겠어요."

"그렇죠? 나중에 결혼하게 되면 신혼집으로 사용하고 싶어서 샀어요."

"집을 보는 눈이 탁월하시군요. 이 근방에서 이런 집을 구하기가 쉽지는 않을 텐데 말이죠."

"호호, 아니에요. 운이 좋았어요."

이윽고 그녀는 강수에게 잠시 편안히 쉴 수 있도록 안마 의자가 있는 방으로 안내했다.

"여기서 안마를 받고 계시면 백숙을 해드릴게요. 혹시 알레르기가 있는 음식이 있나요?"

"딱히 없습니다."

"다행이네요. 그럼 잠시 여기 계세요."

"고맙습니다."

드르륵, 지이이이이.

강수는 안마 의자에 눕자마자 진정한 황홀경이 무엇인지 경험하게 되었다.

"오, 오오, 오오오!"

등을 따끈하게 지져주는 찜질 기능에 전신을 풀로 마사지하면서도 적당한 온도로 에어 샤워까지 시켜주니 이것은 마치 신선놀음을 하는 것 같은 착각이 들 정도로 편안했다.

강수는 시중에선 구하기 힘든 이런 물건을 가지고 있는 그녀의 재력이 상당하다고 느꼈다.

'역시 부잣집 딸내미는 뭐가 달라도 다르구나.'

그녀는 집안에서 받은 유산이 채 5%도 안 된다고 했는데 그렇다면 그룹의 재산은 과연 얼마나 된다는 것인지 감히 상상도 가지 않았다.

그렇게 그녀에 대해 조금 깊게 생각하고 있던 강수는 자신도 모르게 잠에 빠져들었다.

"쿠울."

그러다 약 한 시간쯤 시간이 흘렀을 때 그녀가 강수를 깨웠다.

"강수 씨, 일어나서 식사하세요."

"츄릅! 죄, 죄송합니다! 너무 편해서 저도 모르게 그만……."

"호호, 괜찮아요. 요즘 비즈니스로 인해 피곤하시다고 들었어요. 이곳에서 잠드시는 것도 무리는 아니죠."

이윽고 주방으로 강수를 데리고 나간 그녀는 수줍은 듯이 미소를 지었다.

"차린 것은 별로 없어요. 하지만 맛있게 드셨으면 좋겠네요."

"……."

순간 강수는 자신이 도대체 가정집에 온 것인지 궁중 식당에 온 것인지 모를 착각에 빠져들었다.

"이, 이게 얼마 차리지 않은 것이라고요?"

"시간이 별로 없어서 급하게 차려 찬이 변변치 못해요."

"…그, 그게 아닌 것 같은데?"

일단 오골계로 끓인 해신탕에 신선로, 잡채, 구절판 등 손이 많이 가는 음식이 줄을 지어 늘어서 있다.

그럼에도 불구하고 그 향과 맛이 모두 특색이 있고 색과 플레이팅 역시 환상이다.

요즘 유행한다는 시간제한 요리 프로그램에 나간다면 단연 1등을 하고도 남을 정도의 실력이다.

강수는 어째서 렉시가 그녀를 자상한 여자라고 칭찬했는지 알 것 같았다.

'이건 자상한 정도가 아니라 능력이 좋은 건데 왜 여태껏 시집을 가지 못했을까?'

그녀에게 뭔가 사정이 있겠거니 싶은 강수는 자리에 앉아 천천히 음식을 먹기 시작한다.

"그럼 신세 좀 지겠습니다."

"아니요. 당치도 않아요. 어서 드세요."

강수가 수저를 들자마자 자리에서 일어선 그녀는 찬장에

서 산삼주를 꺼내어 강수의 잔을 채워주었다.

쪼르르르.

"한잔하세요. 오늘 저랑 놀아주시느라 힘드셨죠?"

"아닙니다. 저야말로 이런 구첩반상을 받아먹어 황송할 따름입니다."

"호호, 구첩반상이라니요. 말도 안 되는 얘기예요."

도대체 제대로 차리면 얼마나 대단한 상을 차린다는 것인지, 이럴 것이라면 한식전문점을 차리는 것도 나쁘지 않겠다고 생각하는 강수다.

한참 식사를 즐기고 있는 강수에게 그녀가 물었다.

"그런데 강수 씨는 왜 지금까지 결혼을 하지 않으셨나요? 이렇게 외모도 출중하고 능력도 뛰어난데 말이죠."

"뭐, 나름대로 사정이 좀 있었습니다. 회사를 이만큼 키운 것만으로도 황송할 따름인데, 아직 결혼할 여유가 없던 것도 크고요."

"으음, 그런가요?"

그녀는 강수에게 필요한 여자는 바로 자신과 같은 사람이라는 점을 어필했다.

"여자라면 강수 씨에게 여유를 만들어주어야 한다고 생각해요. 그게 남자와 여자가 나누어 해야 할 일이라고 생각하고요."

"그것도 틀린 얘기는 아니군요. 하지만 저를 만난 여자는 고생만 하다가 늙어버릴 겁니다. 그래서 더 결혼을 미루는 것인지도 모르고요."

"뭐, 그게 여자의 인생이라면 어쩔 수 없죠. 하지만 강수 씨처럼 반듯하고 멋있는 남자를 남편으로 맞는다면 그 정도는 감수할 수 있어요."

"그, 그렇군요."

노골적으로 결혼을 종용하는 그녀의 태도가 조금은 부담스러웠지만 이렇게 엄청난 상을 받아본 것도 처음인지라 기분이 자꾸 좋아지는 강수였다.

"한 잔 더 청해도 됩니까?"

"물론이죠. 쭉 드시고 오늘은 여기서 하룻밤 주무시고 가세요."

"아닙니다. 대리운전을 불러서 가야지요."

"후후, 알겠어요. 일단 드세요."

강수는 그날 피곤과 함께 술을 무작정 들이켜기 시작했다.

*   *   *

다음날, 강수는 따갑게 쏟아져 내리는 햇살에 눈을 떴다.

"으음……."

말끔하긴 하지만 이따금씩 아려오는 머리, 아무래도 술 때문에 정신을 잃은 모양이다.

"도대체 어떻게 된 거지?"

고강한 마력을 지니고 있다고 해서 알코올이 뇌에 아무런 영향을 미치지 않는 것은 아니다.

꽤나 주량이 세다고 자부한 강수지만 자연산 산삼으로 담근 술의 힘이 강력하기는 했던 모양이다.

그는 거우 500ml 술 한 병 마시고 취해서 그녀의 집에서 잠을 청하고 만 것이다.

그제야 모든 것이 기억난 강수는 화들짝 놀라 자리에서 일어섰다.

"허, 허억!"

재빨리 침대에서 일어선 강수는 자신의 옷이 벗겨져 있는지 확인해 보았다.

하지만 다행이도(?) 옷은 벗겨져 있지 않았다.

"휴우, 천만다행이군."

잠시 후, 사발에 꿀물을 타서 쟁반에 곱게 받친 그녀가 걸어 들어왔다.

"잠시 주무시다 간다고 해서 방으로 모셨더니 아침까지 주무시더군요. 차마 깨울 수가 없어서 저도 그냥 자버렸네요."

"아, 아닙니다. 초면에 이런 실례를 범하다니, 이게 도대체 무슨 경우인지……."

"아니에요. 강수 씨가 피곤한 상태인데 제가 괜히 술을 권한 탓이죠. 아무튼 이것 좀 드세요. 숙취에 도움이 된다고 해서 타왔어요."

"감사합니다."

강수는 그녀가 타온 꿀물을 한 번에 들이켠 후 걸쭉한 감탄사를 내뱉었다.

"크흐, 좋다!"

"호호, 잘 드시네요."

"고맙습니다."

"나오세요. 아침 드셔야죠."

"아, 아침이요?"

"제 집에 오신 손님을 아침도 안 먹여서 보내면 그게 무슨 경우인가요? 황태국을 끓여놓았으니 해장이라도 좀 하고 가세요."

"하, 하지만 그건 너무 큰 신세를 지는 일이라……."

"괜찮아요. 그냥 보내면 오히려 제가 더 죄송하죠. 나오세요."

"아, 예."

그녀를 따라서 식탁으로 다가선 강수는 해장에 도움이 되는 정갈한 반찬들과 함께 식사를 마칠 수 있었다.

며칠 후, 렉시는 강수에게 아주 흡족한 리액션을 취해주었
다.

짝짝짝!

"역시 보스라면 해낼 줄 알았습니다! 그쪽에서 뭐라고 하
는지 아십니까? 아예 날을 잡자고 하더군요."

"…이제 한 번 만났는데 무슨 날을 잡습니까? 그리고 선은
그냥 선일 뿐 결혼을 해야 하는 것은 아니잖아요?"

"한번 생각을 해보시는 것도 나쁘지는 않겠습니다. 그 집
안에 남자가 없어서 먼저 결혼하는 사람을 후계자로 지정한
답니다."

"괜찮아요. 관심 없습니다."

강수는 다시는 그녀와 만나지 않겠노라 다짐했으나 일은
그렇게 쉽게 풀리지 않았다.

똑똑.

"네, 들어오세요."

"강수 씨?"

"어, 어라? 유진 씨?"

"이렇게 갑자기 불쑥 찾아와서 죄송해요. 지나가는 길에

도시락이나 좀 드리고 갈까 싶어서 들렀어요."

"도, 도시락이요?"

"동생과 둘이 산다고 해서 좀 걱정이 되더군요. 그래서 아침에 준비 좀 해봤어요."

이윽고 그녀는 강수의 집무실 책상 앞에 무려 5단이나 되는 도시락을 펼쳐놓기 시작한다.

"이건 잡곡밥이고 이건 잡채, 이건 갈비, 이건 탕수육, 이건 팔보채⋯⋯."

"이, 이 많은 것을 도대체 언제 준비했습니까?"

"많긴요. 강수 씨를 먹이자면 한참 모자란걸요."

"⋯⋯."

렉시는 그런 그녀를 바라보며 마치 어머니처럼 곱게 웃었다.

"호호호! 나이도 아직 어린 것 같은데 손이 참 야무지군요."

"아아, 전무이사님이신가요?"

"네, 맞아요. 우리 회장님을 좋게 봐주셔서 정말 감사드립니다."

"별말씀을요."

"저는 그럼 이만 나가보겠습니다. 결재 서류는 오후에 올리도록 하겠습니다. 그럼⋯⋯."

"자, 잠깐만요, 렉시!"

그녀는 마치 바람처럼 나가 버렸고, 이제 강수는 지유진과 단둘이 남게 되었다.

'자꾸 이런 상황이 벌어지면 곤란한데…….'

어쩌면 그녀와 간단히 만나고 헤어질 수 없겠다는 생각이 드는 강수였다.

*　　　*　　　*

늦은 밤, 강남의 한 술집으로 지유진이 들어섰다.

딸랑!

그녀는 오늘 누군가를 만나기로 한 모양인지 연신 주변을 두리번거렸다.

그러다 오른쪽 창가에 앉은 한 여자에게로 다가갔다.

"민아야!"

"유진아!"

그녀는 다름 아닌 유진의 친구 민아로 강원도 강릉에서 약국을 운영하고 있다.

두 사람은 대학교 동창으로 지금까지 막역한 사이를 유지하고 있었다.

민아와 유진은 오늘의 만남을 성사시키기 위해 서로 시간을 재고 빼며 아주 오랜 시간 동안 준비했다.

그런 만큼 두 사람은 밀린 얘기를 풀어내느라 술을 마실 겨를도 없었다.

"…어머, 어머! 그런 일이 있었어?"

"그래, 그래!"

길고 긴 수다가 이어지던 즈음, 유진은 핸드폰으로 한 남자의 사진을 띄워 그녀에게 보여주며 말했다.

"민아야, 네가 나보단 남자를 더 잘 아니까 한번 봐줘. 요즘 내가 관심 갖고 있는 남자야."

"아아, 그 젊은 회장이라는 남자?"

"그래, 그 남자. 꽤 괜찮은 것 같아. 물론 나에게 큰 관심은 없는 것 같은데 그래도 사람이 좋아서 탐나더라고."

"그래, 그래! 한번 봐봐!"

민아는 그녀의 핸드폰을 들여다보았다.

하지만 핸드폰을 확인한 그녀의 표정이 점점 굳어가기 시작했다.

"……."

"왜 그래?"

"…이 남자가 네가 관심 갖고 있는 그 남자야?"

"응. 어때?"

"…자, 잘생겼네."

"그렇지? 헌데 나에게 관심이 없어. 그게 문제야."

"……."

유진은 점점 더 굳어가는 그녀에게 사정을 물었다.

"민아야, 왜 그래? 아는 사람이야?"

"조금……."

"이, 이 사람을 안다고?"

"응."

"어떻게 알아?"

"내가 잠깐 따라다녔어. 잘돼간다고 생각했는데 차였어."

"차, 차여?"

"응."

"허, 허어!"

"아마 모든 여자에게 그렇게 친절한 모양이야. 내가 한 번은 극장 앞에서 마주친 적이 있는데 아주 눈부신 미모의 여자들과 함께 있더라고."

"……."

"뭐, 알아보니 그 회사의 중역들이라곤 하지만 그래도 남녀관계잖아?"

"중역이라……."

"아무튼 가까이 하기엔 조금 위험한 남자가 아닌지 싶어서……."

유진은 그녀의 말을 듣고는 더 환한 미소를 지었다.

"그럼 되었네."

"으, 응?"

"나는 그게 바람기라고 생각했거든. 헌데 바람기라고 해도 괜찮았어. 워낙 좋은 사람이라서 말이지. 이제 나는 적극적으로 그에게 대시해 볼래."

"……."

"도와줄 거지?"

조금 싸늘한 분위기가 감도는 술집, 과연 두 여자로 인해 강수의 사생활이 어떻게 꼬일지 한 치 앞을 모르는 상황이 되고 말았다.

외전 끝

초대형 24시 만화방

신간 100%, 샤워실, 흡연실, 수면실(침대석), 커플석, 세탁기 완비

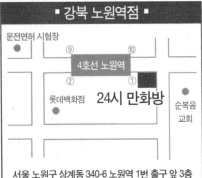

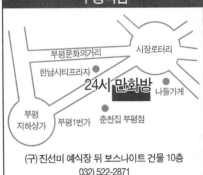

FUSION FANTASTIC STORY

탁목조 장편 소설

천공기

탁목조 작가가 펼쳐 내는 또 하나의 이야기!

『천공기』

최초이자 최강의 천공기사였던 형.
형은 위대한 업적을 이룬 전설이었다.
하지만 음모로 인해 행방불명되는데……

"형이 실종되었다고
내게서 형의 모든 것을 빼앗아 가?"

스물두 살 생일,
행방불명된 형이 보낸 선물, 천공기.
그리고 하나씩 밝혀지는 진실들.

천공기사 진세현이 만들어가는 전설이 시작된다!

Book Publishing CHUNGEORAM

 유형이 아닌 자유추구 -
WWW.chungeoram.com

네르가시아 장편소설
FUSION FANTASTIC STORY

도시 무왕 연대기

글로벌 기업의 후계자 감태하.
탄탄대로를 걷던 그에게 거대한 음모가 덮쳐 온다!

『도시 무왕 연대기』

가장 믿고 있었던 친척의 배신
그가 탄 비행기는 추락하고 만다.

혹한의 땅에서 기적같이 살아나
기연을 만나게 되는데⋯⋯.

**모든 것을 잃은 남자,
감태하의 화끈한 복수극이 시작된다!**

Book Publishing CHUNGEORAM

FUSION FANTASTIC STORY
말리브해적 장편소설
MLB
메이저리그
유료독자 누적 1200만!
행복해지고 싶은 이들을 위한 동화 같은 소설.
『MLB-메이저리그』
100마일의 강속구를 던지는
메이저리그의 전설적인 괴짜 투수 강삼열.
그가 펼치는 뜨거운 도전과 아름다운 이야기!
승리를 위해 외치는 소리-
"파워업!"
그라운드에 파워업이 울려 퍼질 때,
전설이 시작된다!
Book Publishing CHUNGEORAM
www.chungeoram.com

이경영 판타지 장편소설

FANTASY FRONTIER SPIRIT

그라니트

용들의 땅

GRANITE

사고로 위장된 사건에 의해 동료를 모두 잃고 서로를 만나게 된 '치프'와 '데스디아'.
사건의 이면에 상식을 벗어난 음모가 있음을 알게 된 둘은
동료들의 죽음을 가슴에 새긴 채 각자의 고향으로 돌아간다.
2년 후, 뜻하지 않게 다시 만난 두 사람은 동료들의 복수를 위해
개척용역회사 '그라니트 용역'을 설립해 다시금 그 땅을 찾게 되는데……

용들이 지배하는 땅 그라니트!
그곳에서 펼쳐지는 고대로부터 이어지는 운명적 만남,
깊어지는 오해, 그리고 채워지는 상처.

『가즈 나이트』시리즈 이경영 작가의 미래형 판타지 신작!

Book Publishing CHUNGEORAM

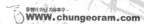

유행이 아닌 자유추구 -
WWW.chungeoram.com